Alice Virmond *Jerome O'Toole's Liebe zum Lachs*

Für Bernd, Florian und Patrick

Alice Virmond

Jerome O'Toole's Liebe zum Lachs

Roman

A1 Verlag

Der erste Kieselstein, den ich warf, landete in dem schilfbewachsenen Teich hinter unserem Haus und ließ das Wasser Kreise bilden, die sich schnell ausbreiteten.
Dies beeindruckte mich nicht sonderlich.
Ich wunderte mich darüber, dass die Wellen sich anschließend rückläufig zum Stein bewegten, in kleiner werdenden Kreisen, bis sie wieder beim Stein ankamen.
Pooka

Begabungen und Begegnungen sind rätselhaft.
Wie unser Wesen sie lebt, ist Geschick.
Weisheit und Komik entspringen einzig der Einsicht ins Unabänderliche.
Geburt, Leben, Tod, Ebbe, Flut und Lachs:
Aren't we lucky to have them?
Spencer Fox

1

Jonny O'Toole rückte seine Mütze zurecht.
Er stieg in den Jeep zu den beiden anderen GIs und sie fuhren los. Von Rothwesten, die Ihringshäuserstraße hinunter, Richtung Innenstadt, ins Tanzcafé Däche.
Es war ein frostiger Januartag, Schnee hing über der Stadt und Jonny fragte sich wieder einmal, was zum Teufel ihn in diesen zerbombten Ort namens Kassel hatte bringen müssen.
Jonny kam aus Fort Mill in South Carolina. Er hatte den Dienst bei der Navy der Arbeit in der Baumwollfabrik vorgezogen und sich freiwillig gemeldet, als er sechzehn war.
Sein Vater Eamon hatte sein Leben in der Fabrik verbracht und war eines Abends auf dem Weg nach Hause tot zusammengebrochen.
Jonnys Mutter Louise, eine geborene Giles, hatte den Vater geliebt und versucht, ihm die Anstrengung der harten Arbeit in der Fabrik mit allerlei guten Gesten zu Hause zu erleichtern.

Fort Mill war ein Ort mit achttausend Einwohnern und zehn Kirchen, deren Gemeinden sehr verschiedene, oft unaussprechliche Namen hatten und sämtlich protestantischen Ursprungs waren.

Eamon war in Castlemaine in Südirland aufgewachsen und hatte Louise auf einer Reise nach Derry getroffen, das die Engländer Londonderry nennen.
Eamon reiste in einem Bus, Louise war in Sligo zugestiegen, um zurück nach Derry zu fahren, und seit dem Moment ihrer Begegnung waren sie unzertrennlich.
Es herrschte Unruhe in Irland. Britische Truppen befanden sich in Dublin, Eamon stand hinter Michael Collins und der irischen Unabhängigkeit, hoffte und kämpfte für die IRA.
Nicht so Louise. Ihre Familie war protestantisch und englisch.
Es war Eamon nicht möglich, sich länger als einen Tag in Louises Familie aufzuhalten, ohne Panik und Atemnot zu bekommen.
Er nahm Louise mit in den Süden, in die Grafschaft Kerry, die The Kingdom genannt wurde.
An einem regnerischen Nachmittag angelte Eamon Lachse im Flüsschen Maine, als sein älterer Bruder Fion in einen heftigen Streit mit Louise geriet. Es ging dabei um die Verteidigung des Four-Courts-Gebäudes in Dublin, die als Beginn des Irischen Bürgerkrieges gilt. Republikaner hatten das Gebäude besetzt, sich verbarrikadiert und Regierungstruppen stürmten die Four Courts. Es kam zu Hinrichtungen auf beiden Seiten. Louises Vetter war einer der vom Government Ermordeten.
Als Eamon vom Angeln zurückkam, fand er Louise weinend unter einem Baum.
Fion hatte grußlos das Haus verlassen.

Bedrückt von diesem Zwischenfall nahm Eamon Louises Hand und ging mit ihr zu der kleinen Kapelle, umgeben von einem Friedhof, die direkt am Atlantik liegt. Hier beschlossen sie, das nächste Schiff von Tralee nach New York zu nehmen.
Bei der Ankunft im Hafen von Long Island warb die Baumwollfabrik Springs auf Plakaten um Arbeiter. Eamon meldete sich noch am gleichen Tag an und bekam eine Zusage.
Er wäre lieber nach Boston gegangen, wie alle guten Katholiken aus Irland, aber Louise zog es ins protestantische South Carolina, und so fanden sie sich in Fort Mill wieder.
Louise bekam in sieben Jahren sieben Kinder, bevor Eamon im achten Jahr tot zusammenbrach.
Nun begann Louise in der Baumwollfabrik zu arbeiten. Nachbarsfrauen halfen mit, die sieben Kinder durchzubringen.
Es waren karge Jahre in Fort Mill und Louise war oft am Ende ihrer Kräfte. Jonny war der Älteste und obwohl er seine Mutter sehr liebte, trieb ihn fortwährend der Gedanke, Fort Mill so früh wie möglich zu verlassen.
Als er vierzehn war, ging er statt in die Schule zum Hockey. Morgens nahm er den Zug nach Charlotte und kam abends zurück, Tag für Tag, bis es aufflog.
Sein Lehrer, Mr. Browne, wandte sich an den Sheriff und an Louise.
Der Sheriff und Louise kamen ins Schulhaus, Mr. Browne holte Jonny aus dem Klassenzimmer in das

Büro des Direktors. Hier wurde Jonny eindringlich zu seinen Vorstellungen über seine Zukunft befragt.
Da er keine halbwegs befriedigende Antwort darauf geben konnte, wurde er ins Vorzimmer geschickt. Die Erwachsenen wollten über wirksame Maßnahmen in Abwesenheit des Schülers beraten.
Im Vorzimmer lag der Hut des Sheriffs auf dem Schreibtisch der kurzzeitig abwesenden Sekretärin. Er war aus Velours.
Das olivfarbene Hutband war mit Auszeichnungen geschmückt. Die kleinen Medaillen gaben dem Hut einen prachtvollen Glanz.
Jonny beugte sich über den Hut, nahm ihn in beide Hände und setzte ihn auf seinen Kopf. Der Hut bedeckte seine Augenbrauen.
Dann öffnete Jonny die beiden Fensterflügel zum Schulhof und erschien.
Er erschien seinen Mitschülern, die um diese Zeit hungrig in ihre Brote bissen und ihren Augen nicht zu trauen glaubten: Jonny mit dem Hut des Sheriffs auf dem Kopf, aus dem Fenster des Sekretariats blickend.
Bedeutungsvoll hob Jonny nun die rechte Hand und legte sie an den Hut. Die Schüler im Hof johlten.
„It's a Pooka*", rief einer und alle stimmten ein, „a Pooka."
„Von wegen Pooka", sagte der Sheriff und rang um Fassung.
Er hatte das Sekretariat betreten, die Situation sofort durchschaut, bekam den Hut zu fassen und riss ihn von Jonnys Kopf.

Jonny wurde von der Schule gewiesen und fing bei Springs an. Er hasste die eintönige Arbeit in der Baumwollfabrik und konnte seine Aufnahme in die Navy nicht erwarten.

** Pooka, aus dem Gälischen frei übersetzt:*
Irisches Fabelwesen, das in verschiedenen Gestalten, z. B. als weißer Hase, Furcht erregender Hund, spitzfedriger Uhu oder auch als Mensch in Erscheinung treten kann, um Schabernack zu treiben oder einen Spiegel vorzuhalten.

2

Im Café Däche in Kassel tanzte er mit einer Kleinen, die er Honey nannte, und auf der nächtlichen Fahrt im Jeep saß sie auf der Rückbank derart eng neben ihm, dass er den letzten Schluck aus der Weinflasche nahm, die Tür einen Spalt breit öffnete, um die Flasche hinauszuschleudern, der Kleinen zwischen die wunderbar warmen Schenkel fasste und sie nach einer Weile so über sich setzte, dass er lange Augenblicke richtig Spaß hatte.

Die Kleine hieß Hedwig und stieg in der Ihringshäuserstraße aus, da sie mit ihren Eltern und ihrer Schwester in Nummer hundert wohnte.

Jonny brachte sie an die Haustür und die beiden GIs im Jeep sahen ihr heiter hinterher.

„He's a pooka, don't forget, that's him, a pooka", sagte einer von ihnen und Hedwig sah Jonny fragend an.

„Sie reden, aber sie wissen nichts", sagte Jonny und fing mit geöffneten Handflächen dicke Schneeflocken ein, die ungewohnt dicht fielen und die die Geräusche schluckten.

Hedwig gefiel ihm, er liebte es, ihren Namen auszusprechen, hängte noch sein deutsches Lieblingswort „fünfhundertfünfundfünfzig" dran, lachte, küsste Hedwig auf den Mund und sprach vom Wiedersehen.

3

Ein paar Wochen später bemerkte Hedwig, dass sie schwanger war.
Jonny O'Toole war zurück in die USA versetzt worden.
Hedwig beschloss, in ihrem Bett liegen zu bleiben, den Kopf ein wenig unter der Decke zu halten und abzuwarten.
Der Bauch wuchs, und als das Kind begann, sich zu bewegen, sprach sie mit ihm.
„Bleib ruhig, Pooka", sagte sie.
Aber Pooka blieb nicht ruhig.
Im Oktober schließlich wurde das Kind geboren und ihm der Name Carlotta gegeben, genannt wurde es Pooka.
Die Großmutter holte Pooka und Hedwig aus der kleinen, abgelegenen Geburtsklinik ab und trug das Kind zur Bushaltestelle. Sie hatte während der letzten Monate der Schwangerschaft ihrer Tochter Hedwig auffallend weite, weich fallende und Figur verhüllende Blusen, Jacken und Kleider getragen.
Sie befand sich gerade noch in einem Alter, in welchem es möglicherweise ihre Schwangerschaft, also ihr Kind hätte sein können, das da von der nicht verheirateten Tochter ausgetragen wurde.
Die Großmutter hielt Pooka im Arm.

Pooka schlief in einem viel zu großen Kissen, das Gesicht und Blick der Großmutter verdeckte.
Sie erreichten die Haltestelle.
Der vergilbte Obus fuhr rasch heran, die armdicken Verbindungen zur Oberleitung tanzten.
Der Obus hielt an, der Schaffner öffnete die Tür und Hedwig stieg als Erste ein, die Tasche mit den Wochenbett- und Säuglingsutensilien in der Hand.
Als sie auf der zweiten, sehr hohen Stufe des Busses stand, stieß ein betrunkener, lauthals fluchender, übel riechender Mann den verdutzten Schaffner beiseite und drängte Hedwig mit der Hand zurück.
Der Mann hatte offenbar zu spät bemerkt, dass er aussteigen musste, und wollte jetzt mit Gewalt die fast verpasste, letzte Möglichkeit nutzen, das Fahrzeug zu verlassen.
Die Großmutter hatte soeben auf der ersten Stufe des Einstiegs Tritt gefasst, als sie von dem Betrunkenen unflätig bespuckt und von seinem kräftigen Arm rückwärts die Stufe hinuntergestoßen wurde.
Der Säugling im Kissen nahm der unglücklichen Frau nicht nur die Sicht, sondern jegliche Chance, sich in der momentanen Lage auch nur geringfügig zu orientieren. Sie konnte mit dem monströsen Kissen im Arm nicht einmal einen Griff zum Festhalten finden und stürzte mit ihrem nicht unerheblichen Gewicht auf den Hinterkopf.
Der Unheil stiftende Mensch rutschte nun seinerseits auf der unteren Stufe aus, fiel auf Pooka und die inzwischen bewusstlose Großmutter.

Lebensrettend für Pooka war die instinktive, schnelle Drehung ihres Kopfes auf die Seite. Zwar musste sie den Aufprall aushalten, fand aber zwischen dem Körper der Großmutter und jenem des Betrunkenen einen Spalt zum Atmen. Denn der Betrunkene blieb liegen.
So überstürzt, hektisch und gewaltsam er noch vor einer Minute gewesen war, so platt und regungslos lag er jetzt auf den Gestürzten.
Der übermäßige Konsum an Alkohol hatte ihn in einen Schlafrausch versetzt.
Der Schaffner, der Fahrer, Hedwig sowie zu Hilfe gekommene Fahrgäste versuchten ihn hochzuhieven.
Er schien aus Blei gemacht.
Also rollten sie ihn von den beiden Körpern herab auf die Seite und endlich war Pookas kleines, unversehrt gebliebenes Gesicht zu sehen, dessen Ausdruck klar verhieß: „Mir ist nichts geschehen."
Die Großmutter wurde zum Arzt gebracht und erholte sich schnell.
Hedwig lief zu Fuß nach Hause, das Kind den ganzen Weg über eng an die Brust gepresst.
Der Betrunkene wurde kurzerhand der nächstgelegenen Polizeidienststelle übergeben.

Pooka, über deren väterliche Herkunft nicht gesprochen wurde, war ein Jahr alt, als sie zu laufen begann. Sie erklomm zwei bis drei Stufen der Treppe im Haus der Großeltern, in dem auch sie und ihre Mutter Hedwig wohnten, und versuchte dann die Treppe freihändig hinunterzugehen.

Dabei fiel sie hin.
Immer wieder.
Sie landete Dutzende von Malen mit den Knien auf den Solnhofener Platten, die an jener Stelle eine besonders feine, graublaue Prägung hatten.
Nach einigen Wochen waren Pookas Knie derart aufgerieben, blutig und zugleich verschorft, dass die Großmutter ein Paar Knieschützer herstellte, die sich Pooka beharrlich und erfolgreich weigerte zu tragen.
Sie tobte, sie schrie und warf sich auf den Boden, wenn versucht wurde, ihr die Schützer, die jeweils in der Kniekehle befestigt werden sollten, anzulegen.
Einmal saß Pooka auf der untersten Stufe der Treppe und betrachtete ihre Knie.
Sie trug einen Hut aus weißem Leinen, dessen Krempe um den noch fast haarlosen Kopf hing.
Ihr zartgemustertes Kleid hatte den angekrausten Rock der Zeit und ein Band, das im Rücken zur Schleife gebunden wurde.
Sie betrachtete ihre Knie sorgfältig.
Erst das eine, dann das andere.
Sie schaute die Treppenstufen hinauf und beschloss, diese nicht mehr freihändig hinunterzugehen, solange ihre Wunden nicht verheilt waren.
Als Haut über die Wunden gewachsen war, versuchte sie es von Neuem. Es gelang auf Anhieb.
Pooka hüpfte und sprang, sie nahm zwei Stufen auf einmal und ihre wenig gewachsenen Haare, die jetzt Federn glichen, wehten.

Auf dem Dach der Schule, die Katharinenhaus hieß, befand sich eine Sirene. Sie ragte aus der Mitte der roten Dachziegel heraus und weckte jeden Morgen in Pooka die Vorstellung, dass sie gleich zu heulen anfinge.

Dröhnende Flugzeuge nahten in ihrer Phantasie heran: Dach und Wände der Schule fielen zusammen.

Pooka befand sich in einer Ecke des Klassenzimmers und hielt sich starr die Arme über den Kopf, um von den herabfallenden Steinmassen nicht erschlagen zu werden.

Alles erschien ihr so, wie sie es aus den noch warmen Erzählungen der Erwachsenen kannte.

Pooka saß blass und winzig in der Schulbank.

Sie bewunderte Dagmar Müller zu Säckhausen. Dagmar war das präsenteste, geliebteste und gefürchtetste Mädchen der Klasse.

Es war ein unbeständiger Tag im April, als Dagmar Müller zu Säckhausen mit einem rotweiß gestreiften Schirm in die Schule kam.

Pooka sah Dagmar schon von weitem.

Dagmar ging aufrecht, der Schirm thronte über ihr und gab ihrem stolzen, lachenden Gesicht eine rotweiß gestreifte Farbe.

Dagmar war einfach wunderbar, fand Pooka.

Am Abend brachte Pookas Mutter, die sich dem Wunsch der Tochter nach einem Schirm nicht hatte verschließen können oder wollen, einen solchen mit.

Er war gelbweiß gepunktet.

Pooka freute sich auf den nächsten Tag und hoffte beim Einschlafen, dass es regnen möge.
Die Sonne schien schon in aller Frühe hell und strahlend.
Pooka nahm ihren Schirm mit in die Schule.
Auch heute sah sie Dagmar schon von weitem, die, natürlich ohne Schirm, dafür mit Kniestrümpfen – Kniestrümpfe im April – sich schnellen Schrittes der Schule näherte.
Pooka war beeindruckt.
Sie selbst trug die hellbraunen, langen Wollstrümpfe mit dem roten Rändchen, an dem vorne und hinten ein Knopf angenäht war, der an einem gelochten Gummiband befestigt wurde, das an einem Baumwollleibchen hing.
Dagmar trippelte lachend auf Pooka zu.
Als sie den nicht aufgespannten, gelbweiß gepunkteten Schirm in Pookas Hand sah, blieb sie mitten auf dem Weg stehen, begann zu grinsen, prustete, hielt sich die Hand lange vor den Mund, guckte die umstehenden Mädchen an und sie fingen an, zu kichern und zu glucksen.
Pooka bog in den Gartenweg der Schule ein, den Schirm hätte sie am liebsten einfach fallen gelassen, aber dazu waren Dagmar und die Freundinnen ihr schon zu nah auf den Fersen.
Dagmar riss nun Pooka den Schirm aus der Hand und spannte ihn auf.
Sie stolzierte storchenbeinig den Gartenweg auf und ab und fragte die jubelnden Freundinnen: „Habt ihr in

eurem Leben je etwas Schöneres gesehen als diesen gelbweiß gepunkteten Schirm?"
Sie warf den geöffneten Schirm in die Luft und rannte mit ihrem Anhang ins Schulhaus. Der Schirm schlug dumpf auf die spitzen Steinbrocken, die ein eben erblühtes Beet umrandeten.
Zwei Tage später saß Dagmar Müller zu Säckhausen an der einzigen Nähmaschine, die für den Handarbeitsunterricht zur Verfügung stand. Mit einem gelben Faden nähte sie die seitliche Naht eines Rockes zusammen.
Pooka stand hinter Dagmars Stuhl, als ihr die Lehrerin ein Knäuel Baumwollgarn zuwarf. Das Knäuel fiel zu Boden, Pooka bückte sich, um es aufzuheben, und stieß dabei gegen Dagmars rechten Arm.
Dagmar schrie laut auf.
Pooka hatte durch den nicht beabsichtigten Stoß den Nagel von Dagmars rechtem Zeigefinger unter das Nähfüßchen bugsiert, die Nadel hatte den Nagel durchstochen und war bei der zweiten Attacke abgebrochen.
Die Hälfte der Nadel stak im Finger.
Der gelbe Faden hing zum Finger heraus und färbte sich in kräftiges Rot.
Dagmar Müller zu Säckhausens Gesicht glich einer Wachsmaske.
Jemand hatte den Krankenwagen gerufen.
Aus dem Fenster des Klassenzimmers schaute Pooka dem abfahrenden Fahrzeug so lange nach, bis das blaue Licht am Ende der Straße verschwunden war.

Es verging einige Zeit und Pooka begann nach ihrem Vater zu fragen, ohne Antworten zu bekommen.
Also beschloss sie, sich selbst auf Spurensuche zu begeben.
Der Schrank im Schlafzimmer ihrer Mutter schien ein möglicher Fundort für Hinweise auf den Vater zu sein. Es handelte sich um einen in die Wand eingebauten Schrank aus Kirschholz, hinter dessen oberen, direkt unter der Zimmerdecke endenden Türen aus Glas in Falten gelegte Stoffgardinen angebracht waren.
Pooka hob den aus Rohr geflochtenen Wäschebehälter auf einen stabilen Stuhl, stieg darauf und öffnete die Tür mit dem kleinen, runden Schlüssel, der im Schloss steckte.
Zwischen fein eingeräumten Wäschestücken befanden sich zwei Keksschachteln. Die eine aus fester, bunt bedruckter Pappe, die andere rund und aus Blech.
Die Schachteln in einer Hand schloss Pooka mit der anderen die Tür wieder ab, wankte vom Wäschebehälter auf den Stuhl und dann auf den Boden. Die zum Klettern benutzten Möbel räumte sie an die gewohnten Plätze und rannte, die Schachteln fest im Griff, in ihr Zimmer.
Das Foto, das unter Briefen mit dem Stempel „return to sender", Formularen, einer halb vollen Zigarettenschachtel der Marke Chesterfield, militärischen Abzeichen, einer englischsprachigen Ausgabe der Bibel sowie einem roten, ledergebundenen Buch mit dem Titel „Animals in Donegal" lag, zeigte einen jungen Mann in sommerlicher Uniform vor einer Kaserne.

Die Haare standen störrisch um seinen Kopf, die Augen blitzten schelmisch und sein Lachen war offen.
„Das ist er", sagte Pooka zu sich selbst.
Auf der Rückseite des Fotos stand der Name Jonny O'Toole.
Sie betrachtete jedes Detail auf dem kostbaren Bild: Die Knautschfalten der Jacke, die geschnürten Schuhe, über denen die Hosenbeine flatterten, die sehr buschig geratenen Augenbrauen, den kräftigen Schädel.
Pooka behielt die Sachen in ihrem Zimmer und als sie in der Nacht aufwachte, hatte sie das Foto immer noch in der Hand.
Pooka nahm sich jetzt die übrigen Beutestücke vor.
Sechs Zigaretten waren in der Packung übrig geblieben. Der Tabak war trocken und bröselte aus dem Papier, als Pooka eine Zigarette herausnahm.
Das militärische Abzeichen zeigte ein gesticktes Schiff.
Die Briefe waren adressiert an Jonny O'Toole, Fort Mill, South Carolina, Oak Avenue.
Pooka blätterte in der abgewetzten, braunen Bibel, die pergamentenen Seiten klebten teilweise aneinander.
„Animals in Donegal" war illustriert. Der rote Ledereinband war auf der Vorderseite zerkratzt.
Pooka schlug das Buch auf und vor ihr lag eine Zeichnung, auf der eine Insel zu sehen war, deren Silhouette von der Kuppel einer Basilika bestimmt war. „Lough Derg" stand in Druckbuchstaben unter dem Bild.
Auf der nächsten Seite war die Zeichnung eines Uhus zu sehen, untertitelt mit: „Pooka, seen in Lough Derg".
Der Satz war mit rotem Buntstift dick unterstrichen.

Der Uhu schaute Pooka freundlich an, die runden Augen unter den weichen, dichten Federn ließen sie nicht los.
Pooka fiel es schwer, das Buch zuzuklappen, sie packte die eroberten Stücke in die Schachteln zurück, löschte das Licht und schlief in den Morgen hinein.

4

Zwölf Jahre später nahm Pooka den Zug nach Paris. Dort angekommen, stieg sie um in Richtung Cherbourg und ging auf das Schiff, das sie in fünf Tagen nach New York bringen sollte.
Es war ein Abend im August, als das Schiff Cherbourg verließ.
Die Passagiere hatten sich in der Halle versammelt und warteten mit den jeweiligen Gepäckstücken auf die Zuweisung ihrer Kabinen.
Pooka nutzte die Zeit zu einem schnellen Rundgang über die Decks.
Auf einer der Außentreppen, die zum nächsten Stockwerk des Schiffes führen, saß ein Mann. Er rutschte zur Seite, um für Pooka Platz zu machen, als sie sich der Treppe näherte. Pooka setzte sich neben ihn, um wie er das Ablegen des Schiffes zu beobachten.
„Das Land entfernt sich", sagte der Mann, „und der Ozean kommt auf uns zu."
Einen Moment lang lehnte sich Pooka an die Schulter des Mannes, sah in seine Augen, nahm sein Gesicht wahr, stand schnell auf, lief in die Eingangshalle zurück und wurde vom Steward zu ihrer Kabine geführt.
Sie zog sich aus und ließ heißes Wasser in die Badewanne laufen.

Das Wasser bewegte sich mit den Wellen des Meeres und schwappte von einer Seite zur anderen. Pooka blieb lange und regungslos in der Wanne liegen.

„Mein Name ist Spencer Fox", sagte der Mann, als er Pooka im Speisesaal entdeckt hatte.
„Kommen Sie", sagte Spencer und nahm Pooka mit an Deck.
„Ich bin froh, dass Sie Ihren Kopf an meine Schulter gelehnt haben, als das Schiff den Hafen verließ", sagte er weiter.
Sie lehnten an der Reling.
Es war stürmisch.
Das Schiff schwankte so stark, dass Pooka entweder das Wasser oder den Himmel sehen konnte, und sie fing an zu taumeln.
Spencer berührte ihre Hand.
„Komm", sagte er, „wir trinken Whiskey."
Sie befanden sich im Warmen, die Bar war halb leer.
„Die Passagiere sind seekrank", sagte der Barkeeper, „sie vertragen nichts."
Er stellte zwei Gläser auf die Theke und goss etwas Whiskey hinein.
„Irischer Whiskey ist das Richtige bei dem Wetter", sagte er.
Pooka und Spencer tranken.
„Ich war in Irland, in Limerick", sagte Spencer. „Lola Montez wurde in Limerick geboren und ich versuche ihr Leben nachzuzeichnen."
Pooka lachte: „Lola Montez war Irin?"

„War sie", sagte Spencer „und später in ihrem Leben ging sie nach New York. Jetzt bin ich auf dem Weg dorthin, um die Orte ihrer letzten Jahre zu sehen."
Pookas Augen ließen Spencer keinen Moment los.
„Ich plane einen Film über das Ende ihres Lebens, die Höhenflüge und deren Verwandlung in Kuriosität. Die Komik, die nicht ausbleibt in einer abenteuerlichen Geschichte und die eng mit der Tragik verknüpft ist. Eigentlich hieß sie Eliza Gilbert und der Weg ihres Lebens erinnert mich an die Mythen irischer Cowboys, die mit Mut und Chuzpe große Erfolge feiern, um dann vergessen im Nichts zu versinken."
Spencer redete sich in eine Begeisterung hinein, die Pooka ansteckte.
„Das kuriose Leben am Ende ist tausendmal interessanter als alle konventionellen Erfolge. Lola Montez persifliert sich und die Liebe oder was immer es war zum bayerischen König. Alt geworden, steht sie in New York auf der Bühne, um aufs Neue Menschen in ihren Bann zu ziehen und um wieder im Mittelpunkt zu stehen, um die Traurigkeit über das Vergangene zu betäuben, um noch einmal von sich reden zu machen, großartig, kitschig, erbarmungslos", sagte Spencer.
„Lass uns an Deck gehen", sagte Pooka.
Ein starker Regen peitschte über die Planken, der Pooka und Spencer aber nicht daran hinderte, hinauszugehen. „Und was ist mit dir? Was machst du auf einem Schiff, das sich mitten im Orkan durch den Ozean bewegt?". Spencers Blick war schmal, da ihm das Wasser aus den Haaren in die Augen tropfte.

„Die Brücke über den Atlantik ist ja noch nicht gebaut", sagte Pooka, „die Brücke, sagen wir zwischen Cherbourg und New York, überdacht und komfortabel mit dem Auto zu überqueren. Unterwegs gibt es natürlich Tankstellen, Hamburger und Fisch mit Chips von Long John Silver's, denn man wird einige Tage für die Fahrt brauchen. Das ist die Freiheit, die Welt immer fest im Griff zu haben." Pooka lachte.
„Aber im Ernst, ich will meinen Vater finden", sagte sie leise.
Die Nässe hatte die Ärmel und den Kragen ihres Mantels dunkel gefärbt und der Sturm ließ Spencer und Pooka dichter zusammenrücken. Dann küssten sie sich und Sturm und Regen konnten ihnen nichts mehr anhaben.
„Und wo?", fragte Spencer nach langen Minuten.
„Die Spur führt nach Fort Mill", sagte Pooka.
„Fort Mill in South Carolina", sagte Spencer.

Pooka liebte die Geschichten, die Spencer erzählte, und die Nacht war schnell vergangen.
Sie hatten weitere vier Tage und vier Nächte und am Ende wusste Pooka viel über Cromwell und die Iren, über die Hungersnot und das Verlassen ihrer Insel, über ihren Aufbruch in die Neue Welt.
Dann sprach Spencer vom Lachs, der zwischen Irland und Kanada unter Wasser seine Bahnen zieht.
Er sprach davon, dass er sich nichts mehr wünsche, als jene Bahnen nachvollziehen zu können. Darüber wolle er einen Film drehen, später.

Pooka schaute in den dunklen Ozean und sah Lola Montez auf den Wellen tanzen.
Sie nahmen den letzten Whiskey dieser Nacht. Sie lagen in einem aufgehängten Rettungsboot und liebten sich heftig.

Der Sturm hatte nachgelassen.
Die Sonne zeigte sich am Horizont.
In der Schiffsbäckerei waren die Brote für das letzte Frühstück an Bord in die Backöfen geschoben worden und verbreiteten ihren frischen Duft.
Spencer Fox nahm Pooka in seine Arme. Er sah in ihr Gesicht und küsste sie.
Pooka fühlte eine Geborgenheit und eine Nähe zu Spencer, die sie die Suche nach ihrem Vater fast vergessen ließ.
Die Silhouette New Yorks war bereits zu erkennen.
Pooka nahm Spencers Hand und hielt sie fest. Nichts war mehr wichtig, es zählte nur, dass Spencer in ihrer Nähe war.
„Du wirst deinen Vater finden", sagte Spencer.
Er schaute Pooka eine Weile in die Augen, dann verließ er sie.
Als das Schiff im Hafen von New York anlegte, sah Pooka Spencer von Bord gehen. Er trug die braun karierte Weste, deren Rückenteil aus dunkelroter Seide genäht war. Leichtfüßig ging er mit seiner Reisetasche die Schiffstreppe hinunter und als er unten angekommen war, schaute er hinauf zu Pooka, die noch auf dem Schiff stand.

Einen Moment lang glaubte sie, dass er auf sie warten würde.
Spencer aber ging und war schnell zwischen den Häuserreihen verschwunden.

5

In Fort Mill sprach Pooka mit dem Priester, mehreren Postboten und dem Bürgermeister.
Ohne Erfolg.
Sie las die Namen der Verstorbenen auf den Grabsteinen des kleinen Friedhofs.
Keine Spuren.
Sie ging die Straßen des Ortes auf und ab und kam ins Gespräch mit einer alten Frau, die auf der Veranda ihres Hauses saß.
An den buschigen Sträuchern des Gartens hantierte ein kleiner Mann mit einer Schere. Er trug eine schwarze Schildkappe, die rote Schrift über der Stirn war von Pookas Standort aus nicht lesbar.
Die Frau schaukelte in ihrem Stuhl vor sich hin. Sie war dick. Ihr Gesicht war blass und teigig.
Pooka setzte sich neben die Frau auf eine kleine Mauer, die den Garten umrahmte.
Blecherne Stimmen, die ununterbrochen aus einem Funkgerät tönten, brachten Leben in den Garten.
„Ich habe eine Frage", sagte Pooka und der Mann drehte sich zu ihr um. Auf dem Schild seiner Mütze stand in roten Buchstaben „Texas".
„Ich suche einen Mann mit Namen Jonny O'Toole."
Die Stimmen im Funkgerät plärrten weiter.

Der kleine Mann hatte die Schere auf den Boden gelegt und kam freundlich auf Pooka zu.
„Jonny O'Toole", sagte der kleine Mann, „der Sohn von Eamon und Louise O'Toole?"
Der Mann blickte zu seiner Frau. Die nickte und spuckte einen dunkelbraunen Kloß in eine neben ihrem Stuhl stehende Blechbüchse, die angefüllt war mit dunkelbraunen Klößen, die sich zu einer gelblich braunen Brühe vermischt hatten.
„Jonny O'Toole", sagte Pooka.
„Stimmt, Eamon und Louise sind tot, aber da ist Helen, die Schwester, Helen Cook, sie wohnt in der Sutton Road", sagte die Frau und schien erschöpft.
„Sie ist die Schwester von Jonny O'Toole?"
Pookas Augen wurden groß.
„Ja, sie ist mit Ronald Cook, dem Totengräber, verheiratet", sagte die Dicke und spuckte wieder in den Napf.
„Da drüben hat die Familie O'Toole gewohnt, in den Fünfzigern", sagte der kleine Mann und zeigte auf ein Haus auf der gegenüberliegenden Seite. Er winkte Pooka zu sich und sie gingen zu dem Haus hinüber.
„Ich habe mit Eamon zusammen bei Springs gearbeitet. Sieben Jahre lang, dann brach er tot zusammen, dort lag er, mitten auf der Straße. Louise war sofort da, aber es war zu spät. Jonny war nicht ansprechbar, als er vom Tod seines Vaters erfuhr. Gehen Sie zu Helen. Ich habe schon jahrelang nichts mehr von Jonny gehört", sagte der kleine Mann.
Pooka winkte der Dicken im Schaukelstuhl, die gerade wieder ein Stück Kautabak ausspie.

Das Haus auf der gegenüberliegenden Seite, in dem Pookas Familie gelebt hatte, war weiß, viereckig gebaut, mit grünen Dachflächen, die zu einer Spitze zusammenliefen. Unter dem von Säulen gehaltenen Vordach lag eine breite Veranda.
Langsam ging Pooka auf die Veranda zu und beim Näherkommen sah sie Eamon, Louise, Jonny und seine Geschwister. Sie saßen an einem gedeckten Tisch und aßen. Sie lachten und redeten wild durcheinander. Jonny war sehr jung und Pooka meinte, dass er zu ihr herüberschaute. Dann war die Familie verschwunden und Pooka verabschiedete sich von dem Paar, das ihr geholfen hatte.
Pooka fand die Sutton Road und sie fand das Haus der Cooks. Zögernd ging sie den langen Gartenweg entlang, der zum Haus führte.
Pooka fürchtete bei der Familie ihres Vaters auf blanke Ablehnung zu stoßen und in ihrer Phantasie entstand aus der möglichen Ablehnung eine Bedrohung. Wenn sie in das Haus ging, konnte es dann nicht passieren, dass eine Waffe gegen sie gerichtet und abgedrückt werden würde, um sie, Pooka, sozusagen ungeschehen zu machen?
Sie riskierte die Bedrohung und schlug mit dem Klopfer aus Messing zwei Mal kräftig gegen die Tür, an der er befestigt war.
Helen Cook öffnete und bat Pooka mit einem freundlichen „Come in" herein.
Sie gingen durch einen Vorraum zum nächsten Zimmer und Helen bat Pooka sich zu setzen. Ein Sessel

mit gewaltigen Polstern stand vor einem Kamin, in dem sich Glut angesammelt hatte. Auf dem Sofa gegenüber lag ein offenbar schlafender junger Mann, der unbeeindruckt von dem, was um ihn herum geschah, in eingerollter Haltung leise die Luft ausblies. Neben ihm räkelten sich zwei Katzen.

Zeitungen und Bücher lagen, an den Wänden hoch gestapelt, in allen Ecken.

Die Glut im Kamin glomm auf.

„Meine Großmutter in Deutschland kannte eine Frau, die Louise O'Toole hieß", sagte Pooka harmlos, „war ihre Mutter jemals in Deutschland?"

„Nein", sagte Helen und lachte Pooka an.

„Nein, niemals, ich denke, da liegt eine Verwechslung vor", sagte Helen Cook.

Sie grinste jetzt.

„Mein Bruder Jonny war in Deutschland, in einem Ort namens Kassel, nach dem Krieg, er war GI."

Pookas Kopf wurde heiß. Sie rutschte auf dem Sessel hin und her und erwiderte betont unbeteiligt: „Aha."

Ronald Cook, der Totengräber von Fort Mill, wanderte mit dem Telefonhörer am Ohr unentwegt im Zimmer auf und ab und die lange Schnur lief auf dem Teppich mit.

Er sprach leise und in einer für Pooka unverständlichen Sprache, die er schnell und eindringlich wisperte, und an seiner Haltung erkannte Pooka, dass er sie genau beobachtete.

Der Telefonhörer wurde von Ronalds riesenhaften Händen fest umschlossen. Sie hatten tatsächlich die

Größe einer Schaufel. Der Anblick der monströsen Hände verstärkte Pookas innere Unruhe und plötzlich wurde ihr das Absurde an der Situation klar.
Der junge Mann schien noch immer zu schlafen.
„Ob er sich schlafend stellt, um im richtigen Augenblick die unter seinem Körper verborgene Waffe gegen mich zu richten?"
Pooka sprang auf. „Dann hat sich die Sache erledigt."
Helen Cook fasste Pooka an der Hand und streichelte ihren Unterarm.
Pooka lief zur Tür und ins Freie.
Sie rannte den endlosen Gartenweg entlang und fuhr in ihr Hotel.
Um in ihr Zimmer zu gelangen, musste Pooka die Außentreppe zum ersten Stock hinaufgehen. Über einen Balkon erreichte sie ihr Zimmer. Pooka lehnte sich einen Moment lang über die Brüstung, um nach Luft zu schnappen und um ihre Atmung zu beruhigen.
Unten fuhr eine dunkelblaue Limousine, wendete und fuhr wieder an ihr vorbei.
Auf dem Beifahrersitz saß Ronald Cook.
Pooka versuchte einen klaren Kopf zu behalten.
Sie schloss die Zimmertür auf, nahm das Telefon, ließ sich mit der Nummer der Cooks verbinden und sagte zu Helen, die sich am anderen Ende freundlich gemeldet hatte: „Ich komme jetzt noch einmal, bitte kommen Sie in den Garten und erwarten Sie mich dort."
Helen Cook stand in der Mitte des Gartenweges, empfing Pooka mit offenen Armen und drückte sie fest an sich.

„Du bist Jonnys Tochter", sagte Helen ohne weitere Umschweife.
„You look like him."
Helen freute sich.
„Es ist, als ob Margret zurückgekommen wäre. Margret war die Schwester meines Vaters, sie starb früh und du siehst so aus, als wärest du ihr Zwilling."
Die dunkelblaue Limousine hielt vor dem Gartenweg, Ronald und der Mann am Steuer stiegen aus.
„Ronald hatte Mr. Miller, unseren Nachbarn, angerufen und gebeten, dir nachzufahren, damit wir dir auf der Spur bleiben konnten, falls du dich entschlossen hättest, nicht zurückzukommen."
Sie gingen ins Haus, Pooka setzte sich wieder in den Sessel am Kamin und Helen Cook brachte Tee und stellte den Zucker neben Pookas Tasse.
„Es ist gut, dass Jonny noch eine Tochter hat", sagte sie und verschwand im Nebenzimmer.
Zurück kam sie mit dem Telefon an der sehr langen Schnur und reichte Pooka den Hörer.
„It's your Dad", sagte Helen Cook.
Die Stimme des Vaters war ruhig und er sprach in einer tiefen Tonlage.
Pooka begann zu zittern.
„I love you without knowing you", hörte sie sich sagen.
„I just want to see you, I have no expectations at all", sagte sie weiter.
„Come over", sagte ihr Vater.
Der Junge auf dem Sofa war aufgewacht und Helen Cook sagte: „Das ist mein Sohn Jerry, Jerry, das ist dei-

ne Cousine Carlotta aus Deutschland, sie nennen sie Pooka."

„Pooka? Das meinen sie nicht im Ernst?", sagte Jerry und drehte sich auf die Seite, um noch ein wenig weiterzuschlafen.

6

Pookas Vater Jonny lebte seit drei Jahren in Virginia Beach.

Er reagierte gelassen, als er von Pookas Ankunft in Fort Mill hörte.

Er hatte sieben Kinder von vier Frauen.

Seine jetzige Frau Sue, die er lange nach Hedwig getroffen hatte, ließ ihre drei Kinder von Pookas Ankunft wissen. Die Geschwister reisten sofort an, um Pooka zu begrüßen.

Pooka nahm den Bus von Fort Mill nach Norfolk.

Sie saß lächelnd in dem engen Sitz und konnte ihren Blick nicht von den Bildern lösen, die an den Fenstern vorbeizogen.

Amerika, das Land ihres Vaters.

Das amerikanische Bild, das Pooka kannte, war die Kaserne in Rothwesten, in der die GIs mit ihren Familien lebten.

In der Weihnachtszeit waren die Fenster von regenbogenfarbenen Glühbirnen umrandet, die abwechselnd aufleuchteten. Die Frauen trugen türkise, hellgelbe oder rosafarbene Hosen, die nach unten eng zusammenliefen, um in einem kleinen Schlitz am Knöchel zu enden. Dazu trugen sie kleine, weiße Söckchen und Ballerinaschuhe.

Auf den Köpfen steckte eine Vielzahl von Lockenwicklern, in den Farben der weihnachtlichen Glühbirnen. Sie hatten kleine Kinder auf dem Arm und wenn sie mit dem dazugehörigen Mann aus den Wagen mit den Haifischflossen stiegen, drückte er die großen, braunen Papiertüten, die randvoll mit Lebensmitteln gefüllt waren, eng an sich.

Wenn die Männer in den olivgrünen Tarnwagen über die Autobahn fuhren, die hintere Plane halb hochgeschlagen, zwinkerten sie mit den Augen in die Richtung, in der Pooka mit den Großeltern im Auto hinterherfuhr.

Pooka schaute in jedes einzelne der Gesichter und dachte, der ist mein Vater oder der oder der.

Pooka schloss die Augen. Sie sah Spencer vor sich.

„Spencer Fox", sagte sie und träumte: Spencer lief die Schiffstreppe hinunter und unten angekommen, drehte er sich um, lief zu ihr zurück und blieb.

Der Bus hielt in Norfolk.

Pooka stieg aus und erkannte den Vater sofort. Er stand zwischen den beiden Töchtern Neda und Liz, seinem Sohn Kenny und seiner Frau Sue.

Auch Jonny erkannte Pooka sofort und ging auf sie zu.

„Wann bist du geboren?" fragte er.

„Am sechzehnten Oktober", sagte Pooka.

Die Begrüßung verlief laut und freudig. Liz weinte, Neda überreichte Rosen, kleine Schmuckstücke und Parfümflaschen, Jubelschreie wurden ausgestoßen und zwischen ihren Tränen stellte Liz fest: „Blood is thicker than water."

In Kennys verchromtem, hochreifigem Jeep ging die Fahrt nach Virginia Beach.
Sie fuhren am Meer entlang, vorbei an Hotels, Souvenirläden, Bars, Minigolfplätzen, an deren Eingängen schrill bemalte Figuren aus Ton thronten, vorbei an Spielhöllen und Diskotheken.
Kennys Thema waren Autorennen.
Er erzählte von seiner Werkstatt in Washington DC, in der er Autos reparierte und sich auf die Rennen mit seinem Dragster vorbereitete, mit dem er im Sommer in vielen Bundesstaaten an den Start ging.
Er hielt vor einem der Souvenirläden und kam nach kurzer Zeit mit einer Tüte zurück. Mit großer Geste überreichte er sie Pooka. In der Tüte befand sich eine etwa einen halben Meter breite gelbe Plastiksonnenbrille, die Pooka tatsächlich aufsetzte.
Pooka traf ihre gesamte amerikanische Familie.
Der Vater war ihr vertraut, sie fühlte sich sicher in seiner Nähe, es war ihr, als ob sie in einen Spiegel blickte, und sie liebte seinen Geruch.
„Wir alle sind Iren", sagte der Vater und seine Augen lachten.

7

In der ersten Augustwoche eines jeden Jahres findet in Killorglin, im irischen County Kerry, die Puck Fair statt.

Junge Männer aus der Gegend fangen in den Slieve Mish Mountains einen kräftigen Ziegenbock.

Sie sperren ihn für drei Tage in einen hölzernen Käfig, setzen ihm eine Krone aus bunt beklebter Pappe auf und erklären ihn für diese Zeit zum König von Killorglin. Sie ziehen den Bock in seinem Gehäuse an einer zehn Meter hohen Stange nach oben, zurren den Käfig mit starken Seilen fest und verschaffen dem Tier auf diese Weise einen unfreiwilligen Blick über den Marktplatz. Zwei Mal am Tag klettert einer der jungen Männer zum Ziegenbock hinauf, um ihm Futter zu bringen.

Unten in der Stadt herrscht das ausgelassene Treiben der Fair: Aussteller und Verkaufsstände aller Art, Travellerfrauen in ihren Wohnwagen, die die Zukunft aus der Hand oder aus der Kugel lesen, überfüllte Pubs, überall Musik und Guinness.

Nach drei Tagen wird der Ziegenbock aus seiner königlichen Lage befreit und von den Männern zurück in die Berge gebracht.

Pooka und ihr zehnjähriger Sohn Henri trafen am Donnerstag der ersten Augustwoche in Killorglin ein. Erschöpft von tagelanger Reise setzten sie sich an einen der langen Tische des Killorgliner Marktplatzes und aßen sehr weiche, mit Thunfisch und Mayonnaise bestrichene Sandwiches.

Neben ihnen feilschten Männer um die Preise der Pferde, Kühe und Schafe, die sie mitgebracht hatten.

Die Tiere blökten und wieherten in die Ohren der Bier trinkenden Fairbesucher. Eines der Pferde ließ einen heftigen Wasserstrahl ab, der über die Pflastersteine tretschte und die Schuhe der Gäste warm umspülte. Ausgelassene, staubgesichtige Travellerkinder rannten lärmend um Tische und Bänke herum, schlugen sich in ihrem Spiel gegenseitig auf die Schultern und traten ab und zu auf die Füße einiger Passanten.

Am Kopfende des Tisches saß ein Mann, der sich um Treiben, Gestrull und Getöse nicht im Geringsten zu kümmern schien.

Er hatte frischen Lachs bestellt und gab sich genüsslich dem am Vortag gekochten und nun erkalteten Fisch hin, der mit gelber Mayonnaise, feinen Zwiebelringen und prallen Kapern als üppige Vorspeise vor ihm auf dem Teller lag. Er brach eine Scheibe des stark mit Anis gewürzten Brown Breads ab, tunkte es kräftig in die gelbgrüne Soße und fing, als er das Stück in den Mund schob, einen zu groß geratenen Zwiebelring ein, der sich vergeblich sperrte, bevor er verschwand. Ohne Pause widmete er sich anschließend dem Hauptgang, Lammkoteletts mit Wirsing und püriertem Kürbis.

Forsch schnitt er den kleinen, fetten Lammkamm in Stücke.
Von Zeit zu Zeit tupfte er sich mit der leinenen Serviette die Mundwinkel ab, sorgsam, in Zeitlupe, erst den rechten, dann den linken, um eventuelle Reste von Lammfleisch oder Kürbispüree zu entfernen.
Hatte er eines der Koteletts mit Messer und Gabel vom Knochen abgelöst, nahm er, ohne aufzublicken, diesen in den Mund und biss fast stöhnend die verbleibenden Fleischfasern ab. War schließlich nichts mehr übrig, legte er den abgenagten Knochen auf den Tellerrand, rieb die inzwischen viel benutzte Serviette zwischen den Fingern, legte sie zurück in seinen Schoß und widmete sich dem nächsten Kotelett.
Fünf Mal wiederholte er diesen Vorgang.
Danach goss er süßlichen, kalifornischen Rotwein in sein Glas und rülpste mit einem Burb. Er trank den Wein zügig aus und goss nach. Dann bestellte er bei der Bedienung einen doppelten Bushmills und als er diesen langsam seinen Schlund hinunterfließen ließ, schien er sich richtig gut zu fühlen.
Er war aus seiner Gier erwacht, die Augen hatten sich von den Koteletts gelöst und schauten nun herüber zu Pooka.
Ihre Blicke trafen sich.
Die unerwartete Klarheit in seinem Gesicht berührte Pooka und sie empfand eine beängstigende Nähe zu diesem Mann, den sie nie zuvor gesehen hatte.
Sein Aussehen, seine Gesten und sein graubrauner Wollpullover hätten ihn bei Fuchsjagden der könig-

lichen Hoheiten unauffällig in der vordersten Reihe fest im Sattel sitzen lassen können.
Er wirkte verschlossen und zugleich heiter und Pooka bedauerte, dass er die Bedienung rief und zahlte. Als er aufstand, fiel seine Jacke auf den Boden. Henri sprang zu ihm hinüber und gab sie ihm. Der Mann bedankte sich und legte seine Hand auf Henris Schulter. Beide lächelten. Dann ging er und war schnell zwischen den Besuchern der Puck Fair verschwunden.
Pooka und Henri beschlossen, in Killorglin zu bleiben.

8

Pooka und Henri hatten die Reise von München nach Irland an einem regnerischen Dienstag begonnen.
In ihrer Phantasie hatte Pooka die Reise schon unzählige Male erlebt.
Seit Monaten hing die Map of Ireland über ihrem Bett. Tausendfach fuhr sie mit dem Finger entlang der Atlantikküste, spürte das wilde, westliche Wasser und die salzigen Stürme.
Nachts lag sie in ihrem Bett unter der Landkarte und sah über sich den irischen Himmel, der näher an der Otherworld sein soll als der Himmel anderer Orte.
Sie stand am höchsten Punkt der Cliffs of Moher, ließ den Blick an der schroffen Felskante hinunter und dann ins Meer gleiten, westwärts.
Westwärts bis zum nächsten Erdteil: Amerika.

Pooka nahm die Landkarte von der Wand, faltete sie zusammen und steckte sie in die reisebereite Tasche.
Henri saß auf dem Rücksitz des bepackten Autos und hörte Musik über Kopfhörer.
Der Autoschlüssel steckte im Schloss.
Sie startete.
Nichts vor, während oder nach der Reise war ihr so schwer gefallen wie das Drehen des Zündschlüssels.

Der Schritt aus der Vision in die Wirklichkeit. Eine unsichtbare Kraft schien sie am Rücken festhalten zu wollen, aber „Once Upon A Time In The West" hatte sich in ihrem Kopf festgesetzt. Autobahn München – Nürnberg und dann westwärts.
Sie fuhren bis Reims an diesem Tag, mieteten ein Zimmer, aus dessen Fenster sie die Schönheit der Kathedrale betrachten konnten, und sie machten sich früh am nächsten Morgen auf in Richtung Calais.
Die Fahrt im Luftkissenboot nach Dover, bei der das graue Wasser des Kanals schwallweise gegen das Fenster klatschte, war Gott sei Dank kurz.
Weiter von Dover quer durch England über die nummerierten Highways bis Holyhead.
Endlich hatten sie die Fähre, die sie nach Dublin bringen sollte, erreicht.
Eine irische Band spielte eine Melodie, zu der einige junge Leute tanzten. Die Fahrt dauerte zwei Stunden.
Felsige Brocken in der Irischen See kündigten die Insel und die Nähe Dublins an. Als sie in Dun Laoghaire einfuhren, standen Pooka und Henri an Deck und sahen einen Mann, der sein Fahrrad an die Hafenmauer lehnte, um die Einfahrt des Schiffes besser beobachten zu können. Er hatte den linken Fuß auf einen Stein gestellt und stützte den Ellenbogen auf die Mauer. Er trug eines jener Jacketts, die fast alle irischen Männer tragen: Grau gesprenkelt und abgewetzt.
Rauchend stand er im Regen und schob ab und zu die Mütze ein wenig tiefer ins Gesicht, um sich vor der ärgsten Nässe zu schützen.

Die Lautsprecher riefen die Passagiere zum Einsteigen in die Fahrzeuge im Schiffsbauch auf. Pooka und Henri verließen das Deck, um genügend Zeit zum Wiederfinden ihres Autos zu haben.
Verwechslungen von Nummern und Zeichen waren Pooka durchaus bekannt.
Der Gedanke, das Auto nicht rechtzeitig zu finden und hinter sich eine zum Lynchen bereite Horde hupender Autofahrer zu wissen, deren Fahrzeuge sie blockierte, hätte Pooka aus der Ruhe bringen können.
Sie waren die ersten im Schiffsbauch.
Es dauerte Stunden, bis gestartet werden konnte. Jeder blockierte jeden. Niemand hupte.
In Dublin hielt Pooka mitten auf einer Kreuzung, um sich zu orientieren. Sie hatte ein Zimmer in einem Hotel am Liffey gebucht und war sich nicht sicher, welche Richtung sie nehmen sollte.
Neben ihr stoppte die Garda.
Der Polizist sprang aus dem Wagen und rief ihr durch das geöffnete Seitenfenster zu: „Can I help you, Maam?"
Sie sprach von ihrer Unkenntnis der Stadt und er versuchte ihr den Standort des Hotels zu beschreiben.
Pooka begriff langsam.
Also machte sich der Polizist auf den Weg zurück zu seinem Auto und rief, bevor er einstieg: „Just follow me, Maam."
Er wendete sein Fahrzeug im Verkehrsgewühl, war flugs auf der anderen Straßenseite und eskortierte Pooka und Henri zum Hotel.

Pooka schlief fest und traumlos in der ersten Nacht in Irland. Früh am Morgen weckte sie Henri. Sie gingen durch die Halle des Hotels zum Frühstücksraum und bestellten zweimal Irisches Frühstück.
Aus der Schwingtüre des großen, mit dunklem Holz getäfelten Raumes trat der livrierte Ober mit zwei Tellern in der Hand.
„Two cooked breakfasts."
Bacon, egg and sausages.
Die Tür knarzte und fiel dumpf und samtig in ihre Ruhestellung.
Die mehligen Würste, die sich beim Kauen im Mund aufblähen und mehr werden statt weniger, waren nicht nach Pookas Geschmack.
Henri fand sie köstlich und das Irish Breakfast wurde zum festen Bestandteil seines Appetits.
Weiter ging es gen Westen. Die Fahrt von Dublin in Richtung Kerry und zum Atlantik dauerte länger als erwartet.
Die Augen brauchten eine Weile, um sich an die veränderte Welt und den Zauber, der von ihr ausging, zu gewöhnen.
Am späten Nachmittag erreichten sie Killorglin, machten Rast auf der Puck Fair und suchten ein Quartier für die Nacht.

9

Zwischen Bolteens und Inch Beach folgten sie dem Pfeil auf einem bunten, handbemalten Schild, auf dem „The Phoenix" zu lesen war.
Lorna, eine schöne Frau mit hellroten Haaren, zeigte ihnen das einfache, helle Zimmer und reichte allerlei Erfrischungen. Dann fuhren sie ans Meer.
Eine schmale Straße, die entlang der Bucht nach Inch Beach führte und endlos schien.
Vereinzelte Häuser, alt und verfallen oder neu gebaut, von flacher Trostlosigkeit und die Wände papierdünn, säumen sie den Straßenrand, verloren, angesichts der pausenlosen Bearbeitung durch Wasser und Wind.
Ein ideales Revier für die irischen Hütehunde. Diese schwarzweißen Tiere warten hinter den Mauern auf herannahende Autos und schießen im Augenblick des Vorüberbrausens aus ihren Verstecken hervor, genau zwischen die Reifen und es passiert ihnen nichts.
Am Strand von Inch standen acht Menschen auf einer Düne. Sie hatten Kapuzen auf dem Kopf und große Ferngläser auf Stativen vor sich. Regungslos standen sie dort und starrten auf den Atlantik.
Pooka und Henri wunderten sich, hatten keinerlei Erklärung für das ihnen höchst merkwürdig erscheinende Verhalten.

Sie beschlossen abzuwarten. Nach etwa zehn Minuten brachen die acht Menschen plötzlich das Spektakel ab. Sie begannen lauthals zu diskutieren, begleitet von heftigen Armbewegungen, die ein soeben statt gefundenes Wunder vermuten ließen. Eine Marienerscheinung vielleicht? Oder Außerirdische?
Als sie sich beruhigt hatten, wagte es Pooka, einen von ihnen nach ihrem Tun zu fragen.
„Oh, das war der Sterntaucher, gavia stellata, den wir soeben gesehen haben, es war der erste und einzige Sterntaucher, der bis jetzt in Inch Beach gesichtet wurde."
Am nächsten Morgen fuhr Pooka nach Killorglin.
Die Stadt gleicht einem lebhaften Marktplatz. Die Menschen bauen auf, bauen ab, streichen ihre Häuser in immer neuen Farben des Regenbogens, finden heraus, was die Touristen am liebsten kaufen. Sie organisieren Theater und Musik. Im Restaurant Destry Rides Again überschlagen sie sich mit Rezepturen gehaltvoller Fischsoßen und schwerer Desserts. Und die Menschen lieben Gossip.
Gossip ist nicht mit Tratsch oder übler Nachrede zu übersetzen, da ihm die Bösartigkeit fehlt und Gossip aus purer Neugier besteht. Jeder weiß alles über jeden und immer wird über jemanden gesprochen. Der ahnt es, spürt es hinter jedem freundlichen „Beautiful weather this morning, isn't it?"
Das Gefühl dazuzugehören, weil über einen gesprochen wird, ist nichts Schlimmes, es kann sogar wohlige Geborgenheit aufkommen lassen.

Menschen allerdings, die an Verfolgungswahn leiden, oder ungern den Fahrstuhl in den vierzehnten Stock nehmen, sollten versuchen, Gossip zu meiden.

Von einer Anhöhe über Killorglin hatte Pooka Aussicht weit ins Land. Castlemaine, Inch, der Atlantik und auf der anderen Seite der Slieve Mish Mountains, Tralee.

Vor ihr lag ein kleiner Weg, der von üppig blühenden Fuchsien eingerahmt war.

Pooka bog in diesen Weg ein.

Hoch oben am Ende der kurvenreichen Allee standen einzelne, wunderbare Häuser aus dem neunzehnten Jahrhundert. Hinter einer Hecke sah sie ein verwittertes Schild: Puck Fair Hotel. Lover's Lane.

10

Ohne zu überlegen, befand sie sich bereits auf dem Weg zu diesem Haus, vorbei an einer Gate Lodge, an herrlich blühenden Rosenstöcken, an einem kurzgeschorenen, weitläufigen Rasen, flankiert von meterhohem Baumbestand, der Haus und Nest für die sie in der Luft begleitenden Krähen war. Hinter einer zweiten Hecke lag das Puck Fair Hotel.

Dunkelrot getüncht, strahlend weiße Fensterrahmen, an beiden Seiten von hohen Mauern umgeben, die hin zu den Nachbarhäusern jeweils einen schmalen Durchschlupf ließen, sah das Haus einladend aus.

Pooka schlug fest mit dem Klopfer gegen die Tür. Nach einer Weile öffnete ein Mann in einem Anzug aus feinem Tuch.

„Kann ich bei Ihnen ein Zimmer mieten? Ich brauche es für länger, für mich und meinen Sohn. Machen Sie mir einen guten Preis?"

„Kommen Sie herein", sagte der Mann.

Drinnen erwartete sie eine Frau, unbeschreiblich dick und feist, mit dem Gesicht eines Boxerhundes.

Sehr freundlich fragte sie Pooka, was genau sie sich vorstelle.

Pooka erklärte, dass sie sich in Killorglin niederlassen wolle. Und deshalb suche sie ein Zimmer und Arbeit.

„Wie wäre es mit der Gate Lodge?", sagte die Frau, „ich vermiete sie Ihnen für vierzig Pfund in der Woche."
Ein guter Preis. Pooka jubelte.

Die Gate Lodge war über dem dunkelroten Anstrich mit kräftigem Efeu dicht bewachsen, hatte im unteren Geschoss einen großen Raum mit Herd, zwei Schlafkojen und ein Bad. Eine freistehende Holztreppe führte nach oben in zwei weitere Zimmer mit Dachluken. Mit den nach Wachs riechenden Dielen und den einfachen Möbeln war die Gate Lodge eine perfekte Behausung für Pooka und Henri.
Sie lebten sich schnell ein.
Nach einer Woche stand Lady Puck Fair mit einem Strauß gelber Gartenrosen vor der Tür und lud beide zum Abendessen ein.
Frisch gewellte, kupferblonde Löckchen umspielten ihr Gesicht, das rot und prall lachte.
Am Abend betraten Pooka und Henri den allerheiligsten Teil des Hauses, den vom Hotel abgetrennten Privattrakt.
In der großen Küche, in der die Speisen für die Familie und die Gäste hergestellt wurden, saßen bereits an einem meterlangen Tisch der Landlord und die acht Kinder im Alter von zwei bis achtzehn Jahren: Dolly, Michael, Jerry, Denise, Joan, Lollo, Sally und Margret.
Die Lady teilte die Teller aus, die mit gegrillten Scheiben Schweineschinken, Kartoffeln und Karottenpüree randvoll gefüllt waren.
Sie aßen. Und sie aßen.

Die Lady fragte den Landlord, ob er noch eine Scheibe Schweineschinken als Nachschlag haben wolle, was er bejahte, und sie aßen weiter.
Ansonsten wurde nicht gesprochen.
Die Kinder saßen schweigend auf ihren Stühlen und aßen.
Als sie rundum satt waren und Pooka sich kaum mehr rühren konnte, befahl die Lady den vier ältesten Töchtern, sich um Tisch und Abwasch zu kümmern.
„These are my slaves", sagte sie mit lachendem Blick und Pooka freute sich über den Humor.
Als Pooka in die Gesichter der Mädchen sah, wusste sie, dass dies kein Scherz gewesen war.
Später holte der Landlord die Flasche mit dem Whiskey und goss großzügig ein.
Die Lady hatte ihre hochhackigen Schuhe unter den Tisch plumpsen lassen und die Beine auf dem Stuhl neben sich hochgelegt.
Sie rieb ihre Füße gegeneinander und als der Whiskey zu wirken begonnen hatte, sagte sie: „Sie suchen Arbeit hier in Killorglin und ich betreibe das Puck Fair Hotel seit sieben Jahren. Ich bin der Anstrengung nicht mehr gewachsen. Als Sie in der Tür standen, dachte ich: This is fate. Wollen Sie das Puck Fair Hotel übernehmen?"

11

Pooka überfiel heftiger Schwindel. Der lange Tisch drehte sich einmal um sich selbst, der Stuhl auf dem sie saß, hob vom Boden ab, drehte sich mit und ihr Herz tockerte. Sie sah in Henris lachendes Gesicht und fiel ihm jubelnd um den Hals.

Nach Mitternacht betrachtete Pooka das Puck Fair Hotel aus der Dachluke der Gate Lodge. Sie zog die Wolljacke an und ging nach draußen.

Der Mond stand als Sichel über der Wiese und ließ die Silhouette der Bäume erkennen.

Pooka ging an den Rosen vorbei, das Puck Fair Hotel im Blick, und mehrmals sagte sie zu sich selbst: „Es ist wahr, es ist wirklich wahr."

Sie legte sich ins Gras, sprach noch einige Sätze mit der Mondsichel und schlief ein.

In der Morgendämmerung weckte sie die feuchte, kalte Schnauze eines Hundes, der ihre Schläfe leckte. Die Stimme einer Frau rief: „Larkin, come over here, rat."

Der Hund legte sich neben Pookas Ohr und sie spürte sein warmes, zitterndes Herz.

„Larkin, rat", rief die Stimme erneut.

Jetzt stellte der Hund seine Beine gerade auf und wurde länger, als seine Gestalt hatte vermuten lassen. Aufrecht stand er da und fletschte mit der ganzen Kraft,

die seinem schmalen Körper zur Verfügung stand, die winzigen Zähne, die wie ein Sträußchen im Inneren seiner Schnauze angeordnet waren.
Die Augen hatte er zusammengekniffen und ein lang angestautes, wütendes „Rrrrrr" entfuhr ihm in aller Schärfe.
Ein Stein traf ihn an der rechten Hinterbacke und prallte anschließend an Pookas Schulter ab.
Es schien der Moment gekommen zu sein, aufzuwachen und herauszufinden, wer die Steinschleuder war.
Pooka drehte sich langsam um und eine Stimme sagte in freundlichem Ton zu ihr: „Ich bin Nora, die Nachbarin."
Nora kramte eine Zigarettenpackung aus der Anoraktasche und bot ihr eine Zigarette an. Pooka lehnte ab, da sie so früh am Morgen nicht in der Lage war zu rauchen.
Pookas Ablehnung missfiel Nora.
Während des Hantierens mit dem Feuerzeug bemerkte Pooka die teergelbe Innenseite von Noras linkem Mittelfinger.
Larkin pinkelte in einiger Entfernung an einen Baum und Nora pfiff ihn zurück.
„Larkin gehörte anfangs zum Puck Fair Hotel", sagte sie, „doch bereits nach kurzer Zeit kümmerten sie sich nicht mehr um ihn. Als er eines Abends hungrig und frierend im Garten stand, habe ich ihn mitgenommen. Seitdem lebt er bei mir und meinem Bruder Jerome. Der Landlord hatte den Hund Larkin genannt, weil das der Name der Nachbarfamilie ist. Mr. Larkin ist

Richter in der Stadt, sein Haus grenzt an die andere Seite des Hotels und mit ihm haben sie Streit. Die größte Freude des Landlords war es, laut nach seinem Hund zu rufen, wenn Mr. oder Mrs. Larkin im Garten waren. – Larkin, come over here, damned bastard – und niemand konnte ihm einen Strick drehen. Die Mädchen sind in Ordnung, schuften Tag und Nacht, kommen zu mir, um sich auszuweinen und um ein paar Zigaretten zu rauchen."

Eine Stunde später, es war noch vor acht Uhr, stand die Lady vor der Gate Lodge. Statt Rosen trug sie heute einige Papiere unter dem Arm, trat mit forscher Miene ein und legte einen komplett ausgearbeiteten Vertrag auf den Tisch

„Es kann losgehen", sagte sie.

Der Vertrag beinhaltete eine monatliche Pacht von tausend Pfund sowie ein Deposit von hunderttausend Pfund als Anzahlung auf den eventuellen Verkauf des Hotels nach vier Jahren, zurückzuzahlen bei Nichtzustandekommen des Kaufvertrages. Vom Deposit sollten jeden Monat jeweils tausend Pfund an den Landlord gehen.

Zwölf Gästezimmer im Drei-Sterne-Hotel, dazu die Gate Lodge und der Privattrakt mit fünf weiteren Zimmern, das klang vernünftig.

Nur – Pooka hatte keine hunderttausend Pfund.

Sie ließ sich allerdings nichts anmerken, um die Verhandlungen nicht gleich im ersten Stadium platzen zu lassen.

Sie schrieb Briefe an drei Freunde in München, erklärte die Situation und bat, ihr das Geld für vier Jahre zu leihen und vielleicht später in den Kauf zu investieren. Eine Woche später trafen drei Briefe ein.
Der Postbote stieg aus dem grünen Kombi und brachte ihr die in Deutschland abgestempelten Briefe. Pooka riss die Umschläge auf.
Die Freunde waren bereit, das Puck Fair Hotel mitzufinanzieren.
Sie unterschrieb den vom Landlord aufgesetzten Vertrag an einem Sonntagabend am großen Küchentisch im Puck Fair Hotel. Zeuge war Pad Murray, Bankdirektor und Freund des Landlords.
Pad Murray züchtete Greyhounds für die an jedem Mittwochabend stattfindenden Hunderennen. Momentan besaß er zweiunddreißig Hunde, mit denen er abwechselnd und täglich trainierte. Dazu band er vier bis sechs Hunde an kurze Leinen und trabte mit ihnen an den Strand, dort ließ er sie unter seinem Kommando laufen. Gleichzeitig war er Veranstalter der Rennen und wettete, was ihm bei all den internen Informationen im Laufe der Jahre beträchtliche Gewinne eingebracht hatte.
Von etwaigen Schiebungen war dabei bislang nichts bekannt geworden.
Die Eile, die am Küchentisch herrschte, ließ Unbehagen in Pooka hochkommen, das sie allerdings zurückdrängte, um ihre Chance nicht zu verpassen.
Pooka hatte vorgeschlagen, mit der Unterschrift bis zum Montag zu warten, damit sie einen Anwalt beauf-

tragen könnte, ihre Interessen wahrzunehmen. Nein, Montag sei zu spät, sagte die Lady mit einer Entweder-oder-Miene, die Pooka schnell zustimmen ließ. Sie setzte eine kräftige Unterschrift unter den Vertrag und begann am nächsten Morgen mit der Arbeit.

12

Noch war Hochsaison.
Die ersten Gäste, die Pooka im Puck Fair Hotel begrüßte, waren Engländer, ein Paar, das für drei Wochen ein Doppelzimmer mit Blick auf den Atlantik gebucht hatte.
Die junge Frau mit den dunkelrot gefärbten Haaren schwieg und ihr wesentlich älterer Freund gab Pooka kurz nach der Ankunft mit missmutigem Gesicht einen prall mit Geld gefüllten Briefumschlag.
„Ich will das Geld loswerden", sagte er und fuchtelte mit dem Umschlag.
Pooka ließ ihn wissen, dass die Bezahlung üblicherweise erst bei der Abreise gewünscht sei.
„Es hindert mich, in Ruhe Ferien zu machen, nehmen Sie es jetzt, dann fühle ich mich befreit", sagte er, gab Pooka den Umschlag und sie steckte ihn ein.
Zwanzig Minuten später kam der Mann die Treppe hinunter, drückte lange den an der Rezeption angebrachten Klingelknopf und sagte, als Pooka atemlos in der Tür stand: „Wir haben Zimmer Zwölf."
„Ja", sagte Pooka, „ich hoffe, es ist alles in Ordnung."
„Nein", sagte er, „keineswegs. Zwei Dinge."
Unruhe stieg in Pooka auf. Sie hatte das Zimmer gesaugt, das Bad gescheuert, Bettwäsche und Handtü-

cher waren frisch gewaschen und weiß, keine Überbleibsel als Hinterlassenschaften früherer Gäste wie zum Beispiel leere Whiskeyflaschen im Papierkorb.
„Das Kopfende des Bettes steht an der Wand, an der der Schacht des Kamins entlangläuft", sagte der Mann und strich über den gekräuselten Bart.
„Aha", sagte Pooka und schluckte.
„Der Wind pfeift durch den Schacht, das Bett vibriert und die Schwingungen, die entstehen, stören den Schlaf. Kennen Sie den Architekten?"
„Nein", antwortete Pooka wahrheitsgemäß.
„Wollen Sie vielleicht ein anderes Zimmer?"
Er schien ihre Frage nicht gehört zu haben.
„Das zweite", sagte er und holte eine Packung mit Teebeuteln aus der Westentasche, „ich trinke zum Frühstück grünen Tee mit Holunderblüten. Würden Sie mir ihn morgen zum Frühstück statt der üblichen Teesorten aufbrühen?"
„Gern", antwortete Pooka.
„Gut", sagte der Mann, zog den schmalen Seidenschal mit dem rotgrünen Paisleymuster ein wenig fester um seinen Hals und ging grußlos die Treppe zum oberen Stockwerk hinauf.
Der Umschlag mit den Geldscheinen lag in der Schublade von Pookas Schreibtisch, der am offenen Fenster des Schlafzimmers stand, durch das man den Blick auf die Larkinschen Gärten hatte. An dieser Seite wuchsen kräftige Lorbeerbüsche, deren Geruch sich im gesamten Zimmer ausbreitete.
Es war heiß und die Luft war feucht.

Krähen, Spatzen, Meisen und Rotkehlchen kreischten und plapperten unentwegt.
Pooka fühlte sich tropisch, als sie den Umschlag aus der Schublade nahm und das Geld auf dem Schreibtisch ausbreitete.
Dreißig Pfund pro Person und Tag, das macht bei einundzwanzig Tagen eintausendzweihundertundsechzig Pfund, rechnete sie.
Es waren englische Pfundnoten, Sterling.
Sie begann das Geld zu zählen, das Bild der Königin mit der gezackten Krone flutschte raschelnd in verschiedenen Farben durch ihre Finger, und da es sich vorwiegend um kleine Banknoten handelte, saß sie eine Weile am Schreibtisch und dachte: Wenn das so weitergeht, werde ich mir Ärmelschoner mit Gummizügen an beiden Enden besorgen müssen.
Und es roch. Geldscheine, die schnell bewegt werden, riechen. Nach Menschen. Nach Hosentaschen, in denen sich staubige Krümel in den Nähten angesammelt haben, nach dem Stoff der langgedienten Handtaschenfutterale und den ledernen Portemonnaies, die in den Innenseiten der seidenen Jacketts weltgereister Herren aufbewahrt werden.
Pooka lachte die Scheine an.
Geldzählen ist ein Vergnügen, dachte sie und überlegte, dass sie diese herrlichen, englischen Banknoten vielleicht nicht zur Bank bringen sollte, sondern hier an einem geheimen Ort, zumindest an einem Ort, der nur ihr bekannt sein würde, verstecken könnte, als Notgroschen sozusagen, als Möglichkeit für alle Fälle.

Es waren eintausendzweihundertundsiebzig Pfund.
Also noch mal.
Pooka legte die Zwanziger, die Zehner und die Fünfer jeweils übereinander und begann von vorne, zählte die drei Päckchen hintereinander.
Es blieben eintausendzweihundertundsiebzig Pfund.
Zehn Pfund zu viel.
Sie packte die Scheine wieder in den Umschlag, machte sich auf den Weg zu Zimmer Zwölf und klopfte an die Tür. Niemand öffnete.
Das englische Paar saß am nächsten Morgen wortkarg am Frühstückstisch und blickte kaum auf, als Pooka den grünen Tee mit Holunderblüten servierte.
„Darf ich Sie kurz sprechen nach dem Frühstück?", fragte Pooka vorsichtig.
„Wir kommen zur Rezeption", sagte der Mann und blickte über das Glas seiner halben Hornbrille.
„Sie haben mir zehn Pfund zu viel gegeben", sagte Pooka eine halbe Stunde später, als die beiden gesättigt an der Eingangstür lehnten und sich einen bedeutungsvollen, fast lächelnden Blick zuwarfen.
„Sind Sie sicher?", fragte der englische Mann.
„Ich habe die Scheine mehrmals gezählt und ich bin mir sicher", sagte Pooka.
„Behalten Sie die zehn Pfund", sagte der Mann lachend und rückte seinen Siegelring zurecht, „behalten Sie es nur", sagte er noch mal und sie verließen das Puck Fair Hotel, um den Tag in der Sonne zu verbringen.
Pooka brachte das Geld zurück in die Schublade und beschloss, es dort aufzubewahren.

Als sie Zimmer Zwölf öffnete, um das Bett zu glätten und um das Bad zu putzen, fand sie es bereits fein geordnet vor.
Über der Sessellehne hingen rote Spitzendessous mit Strumpfbändern, kristallene Flakons mit schweren Parfüms standen auf dem Rand der Badewanne, glitzernde Haargestecke, Spangen und Kämme aus Horn und Strass lagen auf dem Nachttisch an der Fensterseite. Und am Boden, auf dem gemusterten Teppich dicht vor dem Bett der anderen Seite lag ein Zehnpfundschein, zerknüllt, unscheinbar, aber drapiert.
Der Mann wollte offensichtlich ihre Vertrauenswürdigkeit testen.
Pooka wollte die Banknote liegen lassen, dachte aber, er wird mich beschuldigen, nicht entsprechend geputzt zu haben, also hob sie den Schein auf, glättete ihn und legte ihn auf den Nachttisch.
Am Abend saß das Paar am gedeckten, mit Kerzenlicht geschmückten Tisch des Speisezimmers. Als Pooka die Vorspeise, eine mit Fenchel und Zitronensaft frisch pürierte Lachspastete servierte, lachten die beiden freundlich.
Sie baten Pooka, nach dem Hauptgang ein Glas Wein mit ihnen zu trinken, was sie tat.
Die beiden wohnten in Bath, betrieben eine aufwendige Rosenzucht, von der sie gut leben konnten. Es gab keinerlei Beschwerden oder Missstimmungen nach diesem Abend, sie lobten, wo sie nur konnten, verstanden sich bestens mit den übrigen Gästen. Das Kapitel überschüssige Banknoten wurde nicht mehr erwähnt.

Eine Woche nach ihrer Abreise schickten sie einen Rosenstock, den Pooka neben der Lodge einpflanzte und dessen porzellanfarbene Blüten an einigen Stellen mit einem blassrosa Hauch überzogen waren.

13

Zwischen Golf spielenden Amerikanern, Australiern und Neuseeländern, zwischen Eggs overeasy, mehligen Sausages, heißen Töpfen mit Irish Stew und dem alltäglichen Trubel an der Rezeption erschien jeden Tag die Lady.

Sie jagte die schwarze, japanische Limousine den gewundenen Gartenweg hinauf, die Krähen verließen empört und unter unflätigem Gekrächze die Baumkronen und brachten sich auf den Zedern der Larkinschen Gärten in Sicherheit. Der Kies stob auseinander und die Staubwolke hinter der Limousine hüllte Rosenbüsche und Fuchsienhecken in Nebel.

Zwei Zentimeter vor den großen Fenstern des Wintergartens des Puck Fair Hotels kam die Limousine unter unüberhörbarem Aufatmen der drinnen frühstückenden Gäste zum Stehen.

Vergnügt betrat die Lady die Hotelhalle und verlangte von Pooka nur eines: Geld. Geld für Restbestände in der Tiefkühltruhe, Geld für den Anstrich der Fensterrahmen, Geld für das Inserat vom Vorjahr in der offiziellen irischen Broschüre der Hotels „Be Our Guest". Auf die Hand und sofort.

Danach erklomm sie die Treppenstufen bis zum ersten Stock und verschwand in der Kammer, die Aufbewah-

rungsort für die fein geplättete Bettwäsche der Hotelzimmer war.
Mit einem Packen von zwanzig Kissenbezügen, zehn Bettbezügen und zehn Laken jonglierte sie die Stufen hinunter und sagte: „So gut, wie die hier gebügelt sind, krieg ich das einfach nicht hin, ich stelle den Sack mit der schmutzigen Wäsche nächste Woche neben die Kammertür."
Pooka war sprachlos.

An der Rezeption war soeben eine Mrs. Finbar aus Dublin angekommen, die alle Aufmerksamkeit verlangte, und so kam die Lady vollkommen ungeschoren davon. Pooka spürte, dass sie der Situation nicht mehr gewachsen war.
Mrs. Finbar war Ende siebzig. Sie hatte sich für drei Tage angemeldet und ausdrücklich Zimmer Neun gewünscht, welches sie auch bekam.
„In diesem Zimmer bin ich geboren", sagte sie, als Pooka die Tür für sie aufschloss und ihren Koffer auf dem dafür vorgesehenen Brett aus lackierten Holzlatten abstellte.
„Nicht nur ich", sagte Mrs. Finbar und zog ihre Jacke aus, „auch meine Zwillingsschwester Loretta. Wir sind hier aufgewachsen und zogen nach Dublin, als wir siebzehn waren. Ich bin zum ersten Mal wieder hier, nach all den Jahren."
Mrs. Finbar hatte sich auf das mit Volants umrahmte Bett gesetzt und verharrte einen Moment, die Hände auf ihr Kinn gestützt, in dieser Stellung.

„Ich bringe Ihnen Tee", sagte Pooka, da sie annahm, Mrs. Finbar wolle allein sein.
„Ich komme in zehn Minuten hinunter in die Lounge", sagte Mrs. Finbar.
Pooka stellte den Tee und schottisches Buttergebäck auf das Spitzendeckchen des Tisches in der Lounge, als Mrs. Finbar, auf den silber beschlagenen Griff ihres Stockes gestützt, die Treppe hinunterkam und sich nur langsam zurechtzufinden schien, bevor sie sich schließlich hinsetzte.
Draußen stand Nora mit Larkin im Arm.
Sie klopfte ans Fenster und Pooka öffnete ihr die Tür. Nora kannte Mrs. Finbar und erinnerte sich gut an sie. Pooka stellte Nora eine Tasse Tee hin und kümmerte sich um eine Gruppe aus Deutschland, deren Bus gerade eingetroffen war und die bis ins Detail geplante Ferien mit Jimmie Walker machen wollten. Jimmie von den „Walkers" hatte das Bedürfnis der Menschen erkannt, in einem fremden Land an der Hand genommen zu werden, und ließ seine Gruppen auf festgelegten Wanderwegen führen.
Jimmie hatte Pooka die Zimmer zum halben Preis abgeluchst, mit dem guten Argument, „wer weiß, ob du die Zimmer vermieten kannst an den Tagen, an denen ich sie brauche, aber mich hast du sicher und der Betrag ist fix."
Der Zehnlitertopf mit dem Irish Stew stand dampfend auf der Anrichte und Pooka füllte die Teller der achtzehn Gäste, als das Telefon klingelte.
Mrs. Finbars Nichte war am Apparat.

Sie weinte und sagte, dass vor einer Stunde ihre Mutter Loretta, Mrs. Finbars Zwillingsschwester, verstorben sei.
„Bitte sagen Sie es meiner Tante und sagen Sie ihr, mein Mann ist bereits von Dublin losgefahren, um sie noch heute nach Hause zu holen."
Nora saß noch immer mit Mrs. Finbar in der Lounge.
Pooka berichtete vom Anruf der Nichte aus Dublin und war erleichtert, Nora in der Nähe zu haben, da sie Mrs. Finbar trösten konnte.
Pooka ging zurück zu den Gästen aus Deutschland und füllte Irish Stew nach.
Nora kam in die Küche, um frischen Tee für Mrs. Finbar zu holen.
„Ihr Vater war Anwalt. Er verspielte Geld, das ihm seine Klienten zur Aufbewahrung anvertraut hatten. Er ruinierte die Familie, fing an zu trinken und erhängte sich in Zimmer Neun an einem Haken, den er zuvor eigenhändig in die Decke geschlagen hatte. Dort fand ihn Loretta baumelnd, als es zu spät und der Vater bereits erstickt war. Loretta konnte den Anblick des toten Vaters nicht vergessen.
Mrs. Finbar ist zum ersten Mal hier nach all den Jahren, und nun stirbt die Schwester."
Nora nahm den Tee, brachte ihn in die Lounge zu der verweinten und verzweifelten Mrs. Finbar und blieb dort, bis der Mann der Nichte die Traurige in der Nacht abholte, um sie nach Dublin zu bringen.
„Über dem Waschbecken in Zimmer Neun war lange Zeit der blutige Abdruck einer Hand zu sehen. Putz-

mittel oder Farbe brachten ihn nicht zum Verschwinden. Der Abdruck verblasste erst im zwölften Jahr", sagte Nora.
Sie war aufgeregt und durcheinander, als sie mit Larkin im Arm durch den dunklen Garten nach Hause ging.

Das Frühstück der „Walkers" glich einem Ansturm.
Sausages, bacon, scrambled eggs in großen Mengen fanden den Weg in die Mägen der Wanderer.
„Die Landschaft ist unbeschreiblich schön", sagte einer von ihnen, ein älterer Gymnasiallehrer aus Hannoversch Münden zu Pooka, „aber was hat Sie hierher verschlagen?"

14

Einige Wochen später betrat der Landlord bei strahlendem Sonnenschein den Vorplatz des Puck Fair Hotels, diskret und gegen drei Uhr nachmittags. Es war Samstag, er war ein wenig müde, aber bester Laune.
Pooka hatte ihn vom Fenster aus kommen sehen, als sie die Kopfkissen des Gästebettes in Zimmer Sieben frisch beziehen wollte.
Als er über den Kies ging, sah Pooka sein stark gerötetes Gesicht. Er hat getrunken und zu viel gegessen, dachte sie.
Vermutlich war die Lady mit den acht Kindern nach Sligo gefahren, um dort Verwandte zu besuchen. Und der Landlord hatte die Gelegenheit genutzt, den Tag in einer besonderen Weise zu zelebrieren.
Wahrscheinlich hatte er sich bei einem Farmer in den Bergen von Castlemaine einen schweren Truthahn besorgt. Dazu war er vielleicht mit dem Farmer in die weitläufigen Felder gegangen, hatte alle Truthähne sehr genau aus der Nähe betrachtet und sich schließlich für den dicksten entschieden.
Pooka sieht den Farmer vor sich, wie er dem Tier auf seinem Hof den Hals umdreht und es mit einem langen Messer tötet. Das Blut springt aus der Kehle und befleckt den Asphalt des Hofes dunkel.

Der Truthahn ohne Kopf, aber mit mächtiger Körperkraft, entwischt dem Farmer, springt ziellos umher und stößt gegen die Mauer des Schweinestalles.
Der Landlord kriegt ihn zu fassen und gibt ihn mit festem Griff zurück an den Farmer, der den Hals des Tieres in beide Hände nimmt und zudrückt, bis es sich nicht mehr bewegt und leblos daliegt.
Dann wird das Tier gerupft und in Pergamentpapier gewickelt.
Der Landlord nimmt das Paket unter den Arm und sein Kopf ist von dem Gedanken an den Verzehr des Truthahns vollkommen besetzt. Schon im Auto glaubt er, den Geruch des gewürzten Tieres riechen zu können. Das Wasser läuft ihm im Munde zusammen und er drückt aufs Gas.
Zu Hause trägt er das Tier sogleich in die Küche und umwickelt dessen Brust mit fettem Speck.
Pooka setzte sich auf das Gästebett. Sie war erschöpft von diesem Treiben und die Bilder in ihrem Kopf ließen sie nicht los.
Der Landlord heizt den Backofen auf größter Hitze vor, dann schiebt er den gespickten und mit Beifuß eingeriebenen Vogel in den Ofen und lässt ihn braten, bis sein Fleisch saftig und seine Haut knusprig ist.
Jetzt legt er eine weiße Decke auf den großen Esstisch im Speisezimmer und holt das englische Geschirr aus der Vitrine.
Die große Platte für den Truthahn, die Sauciere, einen Teller, Messer und Gabel, mehr braucht der Landlord nicht, doch halt, die Geflügelschere.

Pooka versuchte, sich auf die frischen Wäschestücke zu konzentrieren und die Gedanken an den Landlord abzuschütteln, aber es gelang ihr nicht.
Hinter der oberen Glastüre der Vitrine entnimmt der Landlord ein geschliffenes Glas, in das er Rotwein gießt und sofort austrinkt.
Die Küche glüht und dampft vor Hitze. Der Truthahn ist gut gebräunt und der Landlord will jetzt das Tier auf die große Platte legen.
Er schafft es erst im dritten Anlauf.
Da liegt er nun. Groß, goldbraun, dampfend, knusprig und einen köstlichen Geruch ausströmend, der den Landlord in den Zustand gieriger Verzückung und das Wasser in seinem Mund zum Laufen bringt.
Er sitzt im Stuhl am Kopfende des Tisches, an dem sonst täglich zehn Personen Platz nehmen und das essen, was auf ihre Teller gefüllt wird.
Der Landlord sitzt aufrecht, mit Messer und Gabel in der Hand, starrt auf das gegarte Tier und will eine Entscheidung treffen.
Die Entscheidung, endlich, die lang ersehnte und die schönste aller Entscheidungen und überhaupt der Moment, um dessentwillen er die ganze Braterei ins Werk gesetzt hat.
Brust oder Keule.
In Pookas Kopf wurde der Truthahn auf der Platte immer größer und größer, bis er schließlich die gesamte Fläche des Tisches einnahm.
Der Landlord stützt die Ellenbogen auf den Tisch. Er liebt die ungetrübte Wahl.

Er könnte die Gabel in eine der beiden Keulen stechen und das Bein dann mit der scharfen Schere vom Rumpf abtrennen. Oder er könnte die Schere am unteren Rand der Brust mit ihrem hellen Fleisch und der knusprigen Haut ansetzen, um sie dann mit seinen durch scharfe Klingen verlängerten Fingern durchzuschneiden.

Pooka versuchte vom Bett aufzustehen, um sich um die Reinigung des Fußbodens zu kümmern, doch etwas hielt sie fest. Sie blieb regungslos sitzen und war unfähig weiterzuarbeiten.

Der Landlord seufzt. Keine Lady, die die erste Keule für sich und die zweite für den ältesten Sohn beansprucht, keine Lady, die herrisch ein großes Stück von der Brust in gleiche Teile für die Mädchen teilt und meint, er, der Landlord, habe tatsächlich genug mit der Hälfte der zweiten Brust.

Schnell entscheidet sich der Landlord für die erste Keule, die er mit leuchtenden Augen und geschickten Fingern auf seinem Teller in mundgerechte Teile zerlegt. Der Geschmack überwältigt ihn derart, dass er die zweite nach ihrem Abtrennen in die Hand nimmt und das Fleisch in Fetzen abbeißt.

Er schlingt das Fleisch pur hinunter, ohne Beilagen wie Kartoffelpüree, Mais, Coleslaw oder wenigstens Brot. Das Einzige, was er in diesen langen Minuten außer Fleisch zu sich nimmt, ist der schwere Rotwein. Nach der zweiten Keule ist die erste Flasche leergetrunken und als er sich über die erste Brust hermacht, hat er die zweite Flasche bereits geöffnet.

Er gießt sich Wein nach. Auch die Brust schmeckt ihm vorzüglich und er fragt sich, warum er nicht mit ihr angefangen und den ersten, brüllenden Hunger mit ihr gestillt hat.
Der Landlord hat die zweite Brust verspeist. Die zweite Flasche Rotwein ist ausgetrunken. Er legt seinen Kopf neben die große Platte mit der abgenagten Karkasse und verharrt eine Weile in dieser Stellung. Er verdaut und döst vor sich hin.
„Schön, schöner als jeder Orgasmus", stöhnt er leise.
Endlich konnte Pooka aufstehen und die Gedanken an das üppige Mahl aus ihrem Kopf verscheuchen.
Sie vernahm ein lautes Klopfen, das sie aus ihrem Tagtraum riss. Sie ging die Treppe hinunter, um dem Landlord die Tür zu öffnen.

Die Gäste waren um diese Zeit im Sommer beim Golfspielen oder beim Baden. Der Landlord hatte es vorgezogen, Pooka ohne Zeugen aufzusuchen und kam gleich zur Sache.
„Wo bleibt der Scheck für die Miete? Wir sind zwei Wochen über der Zeit."
„Welcher Scheck?", sagte Pooka laut zu sich selbst.
„Die Tausend Pfund monatliche Miete, Dear", sagte der Landlord monoton.
„Aber die ziehen Sie doch vom Deposit ab", widersprach Pooka.
„Das sowieso, ich meine die vertraglich vereinbarten weiteren tausend Pfund, die Sie mir monatlich geben müssen."

Er stand nahe vor Pooka und sie sah seine rotblauen, geplatzten Äderchen unter der Haut seiner Backen. Dann umfasste er Pookas Handgelenk eisern und sagte: „Ich brauche den Scheck. Jetzt."

Pooka machte sich los und sagte: „Die Formulare sind in der Küche."

Als er mit dem Scheck in der Tasche in sein Auto stieg, setzte sich Pooka auf die Bank vor dem Haus, schaute der Staubwolke nach und beschloss, dass es Zeit war, den Dingen ihren Lauf zu nehmen.

15

Einige Tage später, als Pooka Henri aus der kleinen Countryschool Caherleeheen abholte, fiel ihr eine junge blonde Frau auf, die auf dem Mäuerchen, das den Schulhof begrenzte, saß und wie sie selbst auf ihre Kinder wartete.
Sie hatte die Beine übereinandergeschlagen und ihr rechter Fuß wippte den Takt zu der Melodie, die aus den geöffneten Klassenfenstern drang, „Country road take me home".
Drinnen spielte Henris Lehrer Mr. Baily, kurz „Sir" genannt, forsch die Mandoline und sang mit den Kindern eine Strophe nach der anderen.
Pooka hörte sich, ohne lange zu überlegen, die junge Frau fragen, ob sie sich vorstellen könne, mit ihr im Puck Fair Hotel zu arbeiten, was jene ohne Umschweife und mit freudiger Stimme bejahte.
Am nächsten Tag stand sie in der Türe und sagte: „Ich heiße Sheila."
Sheila fing sofort mit der Arbeit an.
Sie putzte und wirbelte durch das Haus. Sie hatte die Gabe, sämtliche Zimmer strahlend und wie in weiße gestärkte Spitze gehüllt zu verlassen.
Abends stand Pooka in der Küche, hatte das Dinner für die Gäste fertig.

Sheila brachte die Teller in den Speiseraum, und als sie zurückkam, fragte Pooka, ob sie meine, dass das Dinner den Gästen schmecke, und Sheila antwortete:
„I don't know, they look at it."

Sheila pufferte Pookas Angst vor dem Landlord und seiner Lady ein wenig ab. Wenn sie im Haus war, schob sie der aufdringlichen Lästigkeit der beiden einen Riegel vor. Sie ließ die Lady nicht ins Haus, erklärte, dass momentan keine Zeit für Gespräche oder Ähnliches sei, da die Gäste die gesamte Aufmerksamkeit des Personals erforderten.
Telefonische Versuche, Pooka zu erreichen, erstickte Sheila durch die stur wiederholte Behauptung, Pooka sei nicht da.
Nach einem Monat hatte sich die akute Lage im Puck Fair Hotel beruhigt, allerdings kassierte der Landlord weiterhin den Scheck.
An einem Sonntag im Herbst kam eine Gruppe englischer Gäste in einem kleinen Bus an.
Zehn Ehepaare mittleren Alters, die den „Ring of Kerry" besichtigen wollten und für drei Tage das Puck Fair Hotel gebucht hatten.
Es waren in Cashmere und Wachsmäntel gehüllte, standes- und traditionsbewusste Engländer.
Sheila zeigte ihnen die Zimmer, die um diese Jahreszeit nach Feuchtigkeit rochen.
Das frische Bettzeug fühlte sich kalt und klamm an und durch die starken Regenfälle der letzten Tage hatten sich einige der in senkrechten Bahnen geklebten,

blumigen und streifigen Tapeten an den Kaminwänden trichterförmig mit Wasser gefüllt.
Die Stimmung war nicht besonders gut und die englischen Gäste sprachen Beschwerden aus, waren ungehalten.
Hinzu kam, dass sich seit etwa zwei Tagen ein beißender Gestank im Speiseraum ausgebreitet hatte. Natürlich hatte Pooka anfänglich Larkin in Verdacht, auf den Teppich des Speisezimmers gepinkelt zu haben. Nachdem sie die Teppiche des gesamten Hauses mit einer speziellen Maschine und hochgiftigen Putzmitteln eingeschäumt hatte und sich nach einigen Stunden der Gestank heftiger als zuvor ausbreitete, ließ sie von Larkin ab. Sie besprach mit Nora, die ihre Runden mit Larkin ums Haus gedreht hatte und danach auf einen Tee in die Küche gekommen war, was zu tun sei, aber sie waren ratlos. Auch Sheila hatte keine Idee.
Die Engländer hatten Fish and Chips zum Dinner bestellt und am Nachmittag begann Pooka mit den Vorbereitungen.
Sie packte den Fisch, es waren große Filets vom Kabeljau, aus dem Papier, um ihn in Mehl, Ei und Semmelbrösel zu wälzen. Als sie jedoch das erste Filet in der Hand hielt, sah sie, dass es verdorben und völlig ungenießbar war.
„Jiesess Creischt", rief Sheila, als sie den Fisch roch, und machte sich auf den Weg zum Destry Rides Again, um einundzwanzig Portionen Fish and Chips zu besorgen. Die einundzwanzigste Portion war für

den Coach und Fahrer der englischen Ehepaare bestimmt, der das Innere des Busses mit einem sich auflösenden Schwamm und inzwischen grauschwarz gefärbter Brühe in einem Plastikeimer reinigte, als Sheila mit dem gekauften Dinner zurückkam.
Bei dem Coach handelte es sich um einen Schauspieler mit einer über den Augenbrauen drapierten Haartolle, der zwischen Engagements an englischen und schottischen Provinztheatern Gastspiele als Reisecoach gab.
Als er Sheila mit den Fischportionen kommen sah, spielte er den Empörten, sprach von Betrug, da der Fisch nicht in der Küche des Hotels paniert worden sei und drohte mit einer Anzeige bei der Board Fáilte.
Da er sich mit Sheilas Erklärungen über die sonst nicht übliche Art des Hauses nicht beruhigen ließ und sie ihm anbot, den im Destry Rides Again gebratenen Kabeljau zu probieren, er aber ablehnte, warf sie ihm die einundzwanzig in Aluminiumfolie gewickelten Portionen Kabeljau im Inneren des Busses vor die Füße. Sie lief in die Küche, um eines der bereits im Abfall befindlichen, vergammelten Fischfilets zu holen. Mit dem stinkenden Fisch in der Hand rannte sie zurück zum Bus und schlug es dem am Boden hockenden, gebratene Fischfilets aufsammelnden Coach links und rechts um die Ohren. Dann atmete sie tief durch.
Die zehn englischen Ehepaare hatten sich inzwischen in Erwartung des Dinners in der Halle versammelt, die Sheila mit dem stinkenden, rohen Fisch durchquerte. Da sie zu Recht Turbulenzen vermuteten, waren sie

Sheila gefolgt und in die Aufregung verwickelt worden. Ohne weitere Erklärungen verließen die zehn englischen Ehepaare aufgebracht mitsamt ihrem Coach das Puck Fair Hotel, um, wie Pooka später erfuhr, Fish and Chips direkt im Destry Rides Again einzunehmen.

Sheila und Pooka entfernten die Spuren der Engländer, setzten sich an den Küchentisch und öffneten eine Flasche Wein. Ein Sturm war aufgekommen, der sein dauerhaftes Heulen um die Ecken des Hauses blies.

16

Sheila war mit Brian verheiratet, einem Automechaniker, der aus Limerick stammte und seit kurzem eine eigene Werkstatt in Castlemaine betrieb, sich freundlich um die beiden Kinder bemühte und ansonsten die Abende bis tief in die Nacht mit Dartspielen und Guinness in einem ländlichen Pub zwischen Castlemaine und Killorglin verbrachte.
Sie war auf einer Farm in Killorglin aufgewachsen, als älteste von fünf Schwestern. Der Vater hatte die Töchter herzlich, aber streng erzogen und starb, als Sheila vierzehn war.
Pooka hatte die zweite Flasche Wein geöffnet. Das Pfeifen des Sturms war lauter geworden.
Sheila erzählte von ihrer Mutter Maureen, die vor zwei Monaten, dreiundfünfzigjährig, gestorben war. Es fing damit an, erzählte Sheila, dass sie eine Woche vor dem Tod der Mutter nachts von einem leisen, aber eindringlichen Klopfen an der Fensterscheibe des Schlafzimmers aufgewacht war. Brian lag tief schlafend und die Luft laut durch den Mund ziehend neben ihr.
Sheila stand auf, schlug den Vorhang zurück, sah das auf dem Fensterrahmen hockende Rotkehlchen, das gleichmäßig mit dem Schnabel gegen die Fensterscheibe pickte.

„Tod“, kam es ihr in den Sinn, „es bedeutet Tod.“
In der Sage heißt es, dass sich die Bewohner Ballyconeelys eines Tages von einem sie quälenden Unhold befreiten, indem sie ihn erschlugen. Reglos lag er am Boden und die Menschen fragten sich, ob er denn tatsächlich tot sei, aber niemand traute sich nahe an ihn heran, um dies zu prüfen.
Ein Vogel flog herbei und pickte an seinem Hals, bis das Blut herausspritzte. Dies hätte sich der Unhold, wenn er denn noch lebte, nicht gefallen lassen.
Das Blut färbte die Brustfedern des Vogels rot und seitdem heißt er Rotkehlchen und gilt als Künder des nahen Todes.
Sheila setzte sich auf die Bettkante.
„Der Vogel kündigt den Tod von Tante Fionnuala an“, beruhigte sie sich, „sie wird neunundneunzig im November und sehnt ihn seit Jahren herbei, flucht jeden Morgen aufs Neue, dass sie wieder aufgewacht ist und nicht sterben durfte in der Nacht.“
Sheila legte sich wieder ins Bett und schlief fest bis zum nächsten Morgen.

Eine Woche später kam die Mutter zu ihr und den Kindern in den kleinen Bungalow mit dem großen, von Sheila mit Sträuchern, Stauden und Blumenbeeten bepflanzten Garten. Sie brachte Süßigkeiten für die Kinder und setzte sich mit einer Tasse Tee zu Sheila in die Küche.
Plötzlich kippte sie vom Stuhl, rang nach Luft und riss sich die Bluse auf, dass die Knöpfe abplatzten.

Zusammengekauert lag sie auf dem Küchenboden.
Den Mund weit aufgerissen, versuchte sie ein letztes Wort zu sagen.
„Love", es klang gepresst und abgehackt.
„Love", meinte sie Sheila?
„Love", meinte sie das Leben, an dem sie hing?
„Love", das Gesicht war dunkelblau angelaufen.
Sheila schrie nach den Kindern, die halfen, die Sterbende auf das Ehebett zu heben.
„Wenigstens liegt sie jetzt auf einem Bett", dachte Sheila und holte kalte, nasse Tücher, die sie der Mutter auf Brust und Stirn legte.
Sie zog ihr die Bluse aus und öffnete den Rockbund.
Die Kinder saßen auf dem Bett und streichelten Hände und Haare der Großmutter.
Sheila wählte die Nummer des Arztes und schrie ins Telefon.
Der Mund der Mutter stand noch immer offen, die Augen waren dunkelrot unterlaufen und die Lippen weiß, als sich die Zunge vom Gaumen zu lösen schien und schlaff aus dem Mund heraushing.
Sie war tot.
Sheila und die Kinder schmiegten sich an die Tote, bis der Arzt kam.
Er setzte sich zu ihnen aufs Bett und beruhigte Sheila, deren Tränen wie Bäche aus den Augen flossen.

Sheila griff nach dem Weinglas, trank es in einem Zug aus und schluchzte. „Seitdem komme ich immer wieder in den Zustand einer Atemnot", sagte sie, „und

deshalb habe ich sofort zugesagt hier zu arbeiten, ich muss mich ablenken."
Sie trank ein weiteres Glas. Der Sturm sauste ums Haus, das Licht der Lampe über dem Tisch begann kurz zu flackern und erlosch. Pooka nahm aus der Schublade des Küchentisches Kerzen heraus und zündete sie an. Henri war mit einer Taschenlampe die Treppe hinuntergekommen und setzte sich zu ihnen. Pooka füllte Wasser in den Kessel und stellte ihn auf, um die Anwesenden mit heißen Kräutern zu beruhigen. Sheila trank Wein und weder Sturm noch Dunkelheit konnten sie beeindrucken.
Drei Tage lang hatte die tote Mutter aufgebahrt auf dem Esstisch in Sheilas Bungalow gelegen.
Vier schwere Kerzen brannten ununterbrochen.
Sie waren an den Ecken des Tisches aufgestellt worden und ihr Flackern beleuchtete die Züge des erstarrten Gesichtes der toten Maureen, aus dem die blaue Farbe gewichen war.
Die kleine Zunge hing noch immer zwischen den geöffneten Lippen.
Nachbarn, Freunde und Verwandte standen mit stets gefüllten Whiskeygläsern um den Tisch und erzählten von Begebenheiten, die sie mit der Toten erlebt hatten. Der Strom der Besucher riss nicht ab.
Sheila und ihre Schwestern lagen sich in den Armen und betrachteten das schöne Gesicht der Mutter.
Am dritten Tag folgten tausend Menschen dem Sarg, der von vier Nachbarn in den schwarzen Leichenwagen geschoben worden und nun hinter den mit golde-

nen Kränzen verzierten Fensterscheiben gut zu sehen war, zu dem kleinen Killorgliner Friedhof, der direkt am Atlantik liegt.
Anschließend fuhr Sheila zur elterlichen Farm, auf der die Mutter bis zum Schluss gelebt hatte.
„Ich habe das, was ich auf der Farm erfahren habe, niemandem erzählt und es darf auch nie jemand aus Killorglin erfahren", sagte Sheila.
„Deine Schwestern?", fragte Pooka.
„Gerade sie nicht", sagte Sheila, „sie würden mich dafür hassen."
Im Schlafzimmer ihrer Mutter hatte Sheila die Fotoalben aus der Kommode genommen, sich auf das Bett gelegt und die Bilder aus ihrer Kindheit betrachtet. Immer lachten sich ihre Eltern an. Die Fotos riefen in Sheila das Glück, das sie empfunden hatte, als sie hier in der Familie gelebt hatte, wieder hervor und die Trauer um ihre Mutter und der Abschied von der einstigen Geborgenheit ließen sie aufs Neue weinen.
Sie legte das Album zurück in die Kommode, um das zweite herauszuholen, und fand darunter einen Brief.
„Es war ein Brief meiner Mutter an eine Marie, in dem sie von der Geburt der Tochter Sheila und von einem Mann berichtet, den sie in Kürze heiraten werde, der sich freue, Sheila als seine eigene Tochter anzunehmen, und dass sie sich damit abfinden solle, ihre Enkelin nie zu Gesicht zu bekommen. Ich habe herausgefunden, wer mein Vater ist. Er lebt hier in Killorglin, ich begegne ihm im Zeitungsladen und manchmal in der Post."

„Rede mit ihm", sagte Pooka.
„Unmöglich."
„Natürlich sagst du es ihm, du bist seine Tochter."
„Meine Schwestern, die Verwandten, niemand darf es jemals erfahren, schon deshalb, weil meine Mutter es nicht wollte, sonst hätte sie es gesagt. Ich muss das Geheimnis hüten bis ins Grab."
Sheila hatte ihren Kopf auf den hölzernen Küchentisch gelegt und weinte.
Die beiden Frauen hatten zwei Flaschen Wein geleert.
Henri war auf der Küchenbank eingeschlafen.
Der Sturm tobte sich weiter aus.
Er brauste in Pookas Kopf und wirbelte durch ihre Gedanken. Er ließ Pooka nicht zur Ruhe kommen in dieser Nacht.
Sheila hatte sich in eines der unbenutzten Gästezimmer gelegt, es waren ja elf Zimmer frei geblieben.
Sie schlief sofort ein und der Sturm störte sie nicht.

Als Pooka am nächsten Morgen das Speisezimmer betrat, schnürte ihr der Gestank die Kehle zu. Sie wollte Sheila wecken, aber sie schlief so fest, dass Pooka beschloss mit Nora zu sprechen.
Sie benutzte den Durchschlupf in der Mauer, um in Noras Garten zu gelangen.
Nora stand auf dem Rasen und fütterte die kleinen bunten Singvögel, die zu Dutzenden um sie herumflatterten. Näherte sich eine der Krähen, entfuhren Nora höchst vulgäre Schimpfworte, um die von ihr ungeliebten Vögel zu verscheuchen.

Pooka bat Nora, mit ins Hotel zu kommen, um zu helfen, die Ursache für den bestialischen Gestank herauszufinden.
Als sie das Speisezimmer betrat, sagte Nora: „I think it's a dead cat."
Sie gingen nach draußen, um tief durchzuatmen und Nora sagte: „Sprich mit meinem Bruder Jerome, er wird wissen, was zu tun ist. Er ist in seiner Werkstatt hinter dem Haus neben der Räucherei, dort baut er sein zweites Boot, einen Galway Hooker. Vielleicht will er später damit den Atlantik überqueren."
Nora lachte kopfschüttelnd.

17

Als Pooka die Werkstatt betrat, stand Jerome an der Kreissäge, die gelbe Schutzbrille um den Kopf geschnallt, in fußhohem Sägemehl.

Pooka rief seinen Namen und als er sie bemerkte, stellte er die dröhnende Maschine ab. Er legte das Holz, an dem er gearbeitet hatte, sorgsam in ein Regal und nahm die Schutzbrille ab. Dann pustete er ein paar Mal über die Schneidefläche der Maschine, um das Sägemehl zu entfernen und sagte: „I like sawdust, it's warm and its smell is cosy."

Der halbfertige Bauch des Bootes stand mitten im Raum.

An der Wand hing ein zimtrotes Stoffsegel.

Jerome war der Mann, den Pooka gesehen hatte, als er auf dem Killorgliner Marktplatz schnell zwischen den Besuchern der Puck Fair verschwunden war.

18

Jerome O'Toole war der älteste Nachkomme jener O'Tooles, denen die Ländereien zwischen Killorglin und Castlemaine gehörten.
Er hatte sie geerbt, nachdem sein Vater Fion gestorben war.
Der Großvater, Patrick Doyle, war als sehr junger Mann nach New York gegangen und Anfang der Zwanziger Jahre mit seiner zweijährigen Tochter Marie aus New York nach Killorglin zurückgekehrt. Seine Frau Mimi hatte beschlossen zu bleiben.
In Amerika hatte er sich mit glücklicher Hand an einer Reederei beteiligt, aus der er im richtigen Moment ausstieg, sich auszahlen ließ und das Geld in irisches Land steckte.
Als er starb, war Marie gerade achtzehn Jahre alt geworden. Der Schmerz über den Verlust des Vaters ließ sie wochenlang keinen Bissen anrühren.
Marie schlief viele Nächte lang, in eine Wolldecke gehüllt, auf seinem frischen Grab. Sie sprach mit niemandem und saß den Tag über auf der steinernen Stufe vor der Kapelle des Friedhofs.
Einmal setzte sich ein junger Mann aus der Nachbarschaft, Fion O'Toole, neben sie. Er wusste um ihre Trauer und er kannte sie seit seiner Kindheit, oft hatte

er sie über die Felder laufen sehen und sich ihre Nähe gewünscht.
Jetzt betrachtete er sie und nahm ihre Hand.
Marie ließ es geschehen und legte ihren Kopf in Fions Schoß. In dieser Nacht schlief sie nicht auf dem Grab des Vaters.
Zwei Monate später heirateten Marie und Fion in der kleinen Kapelle, die direkt am Atlantik liegt.

Jerome wurde an einem Sonntag im Sommer geboren, in der Mittagszeit.
Marie und Fion saßen am Fenster, schauten auf das sonnendurchflutete Meer und aßen einen gedünsteten Lachs, den Fion am Tag zuvor aus dem Atlantik geholt hatte. Sie sprachen über den einzigartigen, köstlichen Geschmack dieses Fisches. Sie hatten schon viele Lachse verzehrt, aber so gut wie dieser hatte noch keiner geschmeckt. Die Zartheit der hellen Farbe, seine feste und doch auf der Zunge zergehende Konsistenz und der feine Geruch des Atlantiks ließen ihre Sinne die Vollkommenheit des Lebens genießen.
Marie begann tief zu atmen, zu stöhnen und hielt sich mit beiden Händen ihren Bauch fest.
Fion holte den Arzt.
Der warf bei der Ankunft seinen Mantel mitten in der Diele ab und stürzte die hölzernen Stufen der Treppe hinauf.
Er kam zu spät. Jerome war bereits geboren und lag im Arm seiner Mutter. Sie hatte die Nabelschnur geschickt abgebunden und war eingeschlafen.

19

Als Jerome drei Jahre alt war, fuhr der Vater mit ihm aufs Meer.

Es war an einem sommerlichen Sonntag, nach dem Lunch.

Sie stiegen in das gelbe Fischerboot und fuhren los.

Draußen auf See brachte Fion das Boot zum Stehen und sie schauten hinunter auf das ruhige Wasser. Die Sonnenstrahlen öffneten die See und Jeromes Blick tauchte tief ein. Das Wasser war lichtgrün und durchsichtig. Schwärme von bunt schillernden Lachsen schwammen dort unten.

Jerome war von ihrem Anblick derart gebannt, dass er blitzschnell an der Reling hochkletterte und mit einem Satz zu den Lachsen ins Wasser sprang. Sein Körper klatschte auf und er stürzte mit dem Kopf nach unten in die Tiefe.

Die Lachse waren nach dem Aufschlag auseinander gestoben und hatten in alle Richtungen die weite See gesucht.

Jerome versuchte einigen von ihnen mit kräftigen Schwimmbewegungen zu folgen. Vergeblich. Er kam ins Schlingern. Die Wassermassen setzten ihm zu, der fehlende Sauerstoff ließ ihn ohnmächtig werden und er sackte ab.

Fion hatte Jeromes Überbordspringen nach einigen Schrecksekunden begriffen und war hinterher gesprungen. Er entdeckte den Sohn in der Tiefe und packte ihn am Schopf. In höchster Eile brachte er ihn an die Oberfläche. Dann zerrte er das bewusstlose Kind ins Boot, riss ihm die Kleider vom Leib, rieb ihn mit einem Tuch ab und drückte ihm immer wieder mit beiden Händen auf die Brust. Kleine Wasserstrahle sprudelten aus Jeromes offenem Mund. Allmählich ebbten sie ab, und als Jerome erwachte, hing er mit beiden Armen um des Vaters Hals, den er nicht mehr loslassen wollte.

Sieben Jahre später wurde Jeromes Vater Fion beim Fällen einer Zeder von einem schweren Ast erschlagen. Zu seiner Beerdigung auf dem Friedhof mit der kleinen Kapelle, auf deren steinernen Stufen Fion einst wortlos Maries Hand gehalten hatte, erschien Jerome blass und fassungslos. Marie schritt aufrecht neben ihm.
Nora, seine Schwester, tänzelte in einem weißen Kleidchen über den Kies und schien den Tod des Vaters nicht zu begreifen.

Weitere sieben Jahre später verliebte sich Nora in einen jungen Mann aus Roundstone.
Es handelte sich um einen muskulösen Burschen, der über jeden Witz lachte. Sein Name war Tomas Murray. Er erwähnte gerne die große Anzahl der Kühe und Schafe, die seiner Familie gehörte, prahlte mit weite-

ren Besitztümern und seiner besonderen Anziehungskraft auf Mädchen. Wie damals auf dem Kiesweg des Friedhofs tänzelte Nora jetzt neben Tomas Murray her, wenn sie durch den Zedernwald streiften, und legte es auf seine Küsse an. Er hatte eine Art der Leidenschaft in ihr entfacht, die für ein Mädchen ihres Alters, sie war drei Wochen zuvor sechzehn Jahre alt geworden, als ungewöhnlich zu bezeichnen war und die dem jungen Mann verschmitzte Freude bereitete.

Nora war außer Rand und Band.

Marie, ihre Mutter, entdeckte die beiden an einem Nachmittag, als sie früher als erwartet aus Galway nach Hause zurückkehrte, nackt auf dem brokatbezogenen Sofa des Salons neben der Veranda. Nora hatte ihre gespreizten Beine über die gepolsterte Lehne des Sofas gelegt, Tomas kniete vor ihr am Boden und drang mit harten Bewegungen in sie ein.

Marie verwies Tomas Murray des Hauses und strafte Nora mit wochenlangem Schweigen.

Nora löste sich für einige Zeit in Tränen auf, sah Tomas nicht wieder und ließ nie mehr einen Mann in ihre Nähe.

Marie legte sich bald nach diesem Vorfall ins Bett und stand nicht mehr auf. Sie blieb liegen, bewegungslos, und es war nicht zu erkennen, ob sie krank war und sich deshalb nicht bewegen konnte oder ob sie sich nicht bewegen wollte.

Die Ärzte wussten keinen Rat.

Nora versorgte die Mutter, Jerome konnte nichts ausrichten.

Manchmal versuchte er sie aufzuheitern, erzählte ihr Geschichten, Neuigkeiten. Doch nichts half. Er vermochte sie nicht aus ihrem Zustand zu befreien, sie wollte nichts wissen, lag da, flach und vorwurfsvoll.
„Sie übertreibt es", dachte Jerome manchmal, aber dann, wenn er sah, dass das Einzige, was sich bewegte, ihre Augendeckel waren, taten ihm seine Gedanken Leid und er war bedrückt.
Sein Leben hatte keine Höhen und keine Tiefen.
Sein Tagesablauf war festgelegt und eingespielt.
Er stand früh auf, Nora hatte bereits frische Scones gebacken, die er mit Brombeermarmelade bestrichen verzehrte. Dazu trank er starken schwarzen Tee.
Dann fuhr Dermot mit seinem schrottreifen Fahrzeug, dessen lädierte Karosserie nur noch durch ein dickes Gummiband zusammengehalten wurde, den langen Gartenweg hinauf, um Jerome abzuholen.
Dermot war für die Gärten der O'Tooles verantwortlich und kannte außerdem alle Vorfälle und Geschehnisse, die sich zwischen Killorglin und Castlemaine ereigneten.
Um die Mittagszeit stärkten sie sich mit einer Suppe oder einem mit Huhn oder Thunfisch belegten Sandwich im Destry Rides Again. Nach einer Tasse Tee fuhren sie zurück auf die Felder und pflanzten Zedern.
Abends brachte Dermot Jerome wieder nach Hause.
Nora hatte das Dinner vorbereitet und sie saßen schweigend in der schattigen Küche und aßen.
Im Sommer nahm Jerome mehrere Zeitungen und setzte sich auf die Gartenbank unter die Bäume im

Orchard, dem Obstgarten, las und nahm hin und wieder einen Schluck Bushmills.
Im Winter saß er auf dem brokatbezogenen Sofa, las und nahm auch hier ab und zu einen Schluck des feinen Getränkes.

20

An einem Sonntag im Juli fuhr Jerome nach dem Lunch zum Fischen.
Er nahm das gelbe Boot, das schon viele Anstriche hinter sich hatte. Sein Blick verfing sich im Glanz der Lachse, die unter ihm schwammen, und er träumte davon, in ihrer Mitte den Ozean zu durchqueren.
Jerome zog sich nackt aus, sprang den Lachsen hinterher, schwamm so lange er es unter Wasser aushielt, versuchte einen der Lachse zu fassen zu kriegen, ahmte ihre Schwimmbewegungen nach und zog Grimassen, um sie freundlich zum Anhalten zu bewegen. Dann tauchte er kurz auf, schnappte nach Luft, stürzte sich von Neuem in die Fluten, jagte den Lachsen wieder hinterher und fing einen von ihnen, den er tatsächlich und trotz heftiger, sich windender Bewegungen des Tieres bis aufs Boot brachte.
In der Nähe betrieb Dermot eine kleine Räucherei, in der er die Lachse ausnahm, halbierte und entgrätete, um sie dann im Rauch reifen zu lassen.
Er hatte allerlei Kräutermischungen erfunden, um den Fisch zu verfeinern. Jerome kam mit seinem handgefangenen Lachs und bestand darauf, dem Lachs die Eingeweide selbst herauszunehmen, ihn zu halbieren, zu entgräten und zu würzen.

Mit wenigen Handgriffen hatte er den Lachs räucherfertig vorbereitet, stülpte ihn über einen Haken, hing ihn in die kleine Kammer und wartete bis zum Morgen. Dann holt er den Fisch aus dem Rauch, ließ ihn abkühlen und Dermot ein Stück probieren.
Dermot erkannte dessen außerordentliche Vorzüglichkeit beim ersten Bissen.
Von jetzt an räucherte Jerome die Lachse, die sie fingen, und in kürzester Zeit galt ihre Räucherei als die beste der Insel.
Jerome und Dermot begannen die Zedern zu vernachlässigen.

21

Jerome traf Maureen im Wasser.
Es war ein heißer Julitag, die Lachssaison ging ihrem Ende entgegen.
Jerome war mit seinem kleinen Ruderboot seit dem frühen Morgen auf See gewesen und brachte drei volle Kisten Lachs an Land. Er schleppte sie die Stufen hinauf zur Hafenmauer, brachte sie ins Kühlhaus und beschloss, ein Bad im Meer zu nehmen.
Er ließ seine Kleider am Ufer liegen und genoss das langsame Ansteigen des kühlen Wassers entlang seines Körpers. Als es ihm fast bis zum Hals stand, stieß er die Füße vom Boden ab und schwamm mit kräftigen Stößen den Wellen entgegen.
Er war gut gelaunt und schloss die Augen, da ihn die wilden Tänze der glitzernden Sonnenpunkte auf der Wasseroberfläche irritierten. Er summte eine flotte Melodie vor sich hin und schwamm weit ins Meer.
Jerome hatte die Zeit vergessen.
Plötzlich tauchte der Kopf einer Frau neben ihm auf.
„Ich bin zu weit rausgeschwommen", sagte sie und kam ihm so nahe, dass er ihren Körper zu spüren glaubte.
„Ich will, dass Sie neben mir schwimmen, bis wir das Ufer erreichen", sagte sie, „es ist mir unheimlich geworden hier draußen."

Jerome lachte und sagte: „Natürlich, bleiben Sie nur in meiner Nähe und schwimmen Sie den Sonnenpunkten auf dem Wasser nach, einem nach dem anderen, bis wir das Ufer erreichen."
Sie schwammen wortlos eine Weile nebeneinander her. Jerome spürte das Vorbeigleiten eines Fischschwarms und sah zu der Frau hinüber, die sich mit Kraft und Leichtigkeit durch die Wellen bewegte. Sie drehte ihren Kopf und schaute Jerome lachend an.
Ihre lichtgrünen Augen glänzten zwischen den glitzernden Sonnenpunkten und Jerome glaubte den Verstand verlieren zu müssen.
Er verlangsamte das Tempo seiner Schwimmbewegungen, um länger mit dieser Frau, die sein Innerstes in einer Sekunde hatte ausrauben können, in diesem Wasser zusammen zu sein.
Bei dem Gedanken, dass sie, am Ufer angelangt, seinen Dienst nicht mehr benötigen und sich dankend und schnell verabschieden würde, begannen Jeromes Eingeweide zu taumeln.
Das Ufer war jetzt in Sichtweite und Jerome stellte fest, dass die Schwimmbewegungen der Frau schneller und kräftiger geworden waren.
War es das nahe Ufer, das ihr diese Kraft gab, oder war es der Gedanke, dass sie ihn, Jerome, den Sinnesberaubten, nun schnell loswerden wollte?
Ihre Augen lachten ihn wieder an, ihre braunroten Haare schwappten wie die Flosse eines Lachses in den Wellen und ihre Augenbrauen leuchteten hell zwischen den feinen Sommersprossen.

Sie erreichten das Ufer.
„Ich heiße Maureen Joyce und ich bin froh, dass Sie mich zurück an Land begleitet haben. Ich habe das kleine Haus dort hinten auf der Düne gemietet, kommen Sie, ich habe Tee und ich habe Whiskey, was Sie möchten."
„Ich möchte Tee und ich möchte Whiskey", antwortete Jerome und er konnte nur noch daran denken, mit ihr nach Hause zu gehen, und wenn er einmal dort gewesen war, würde er wiederkommen können, wieder und wieder.
Er nahm seine Sachen und sie liefen zu Maureens Haus, das aus zwei kleinen, ebenerdigen Zimmern bestand.
Im Zimmer mit dem Kamin befanden sich eine Nähmaschine, Stoffe, die am Boden lagen, eine Schneiderpuppe, die ein rotes, halb fertiges Sommerkleid und einen roten Hut trug, ein Bügelbrett, am Boden gestapelte Bücher und ein Sofa.
An einer Wand stand ein kleiner Herd mit einer gelben, schmalen Gasflasche darunter und ein Tisch mit zwei Stühlen.
Maureen füllte den Kessel mit Wasser, entzündete mit einem Streichholz die Gasflamme, stellte den Kessel auf und füllte Teeblätter in eine bauchige Kanne. Sie lief barfuß und der Saum ihres weißen Rockes umspielte dabei ihre Beine in Höhe der Wade.
Jerome blickte die Frau unentwegt an.
Sie war der Mittelpunkt seiner Sinne geworden und er versuchte jede Sekunde, die er mit ihr verbrachte, fest-

zuhalten. Sein Kopf neigte sich ein wenig nach links, beinah schien er seine Schulter zu berühren, die Augen fixierten Maureen, das Lächeln war mild und zu allem bereit.
Er nahm Maureens Hand, er nahm ihren Mund, er nahm ihr Gesicht in beide Hände und wollte nur eines nicht: sie loslassen.
Maureen erwiderte Jeromes Küsse ohne Zurückhaltung.
Jeromes Nähe ließ Maureen ihren Körper geschmeidig bewegen und die Höhepunkte ihrer Spiele wollten kein Ende nehmen.
Das Wasser im schwarz verrußten Kessel war längst in der Hitze verdampft und nur die geringe Restmenge des Gases hatte ein Zerbersten des Wasserkochers verhindert.
Jerome und Maureen tranken keinen Tee an diesem Abend, sie nahmen einen Whiskey und saßen die Nacht über eng und Haut an Haut vor dem Feuer im Kamin und versuchten zu begreifen, was mit ihnen geschehen war.
Seit dieser Begegnung trafen sie sich, so oft sie konnten. Sie fuhren mit dem Boot aufs Meer, um Lachse zu fangen, nachts gingen sie in die Pubs, in denen musiziert wurde und nahmen in den frühen Morgenstunden ein Bad im Atlantik.
Einige Wochen später brachte Jerome zwei Schafe, die er in Maureens Garten grasen ließ. Dann reparierte er die Dachrinne und stand zwei Tage lang auf der hohen Leiter, die am Haus lehnte. In der Mittagszeit briet er

Fische, die er Maureen auf einem großen, weißen Teller an die Nähmaschine stellte, da sie mit einem eiligen Auftrag, einem blauen Kostüm aus Samt, beschäftigt war.
Jerome war glücklich.
Oft pfiff er leise vor sich hin oder summte eine eigene Melodie und war selbst überrascht, wenn er sich dabei ertappte. Oder er stand vor dem Spiegel, steckte das Hemd sorgfältig in die Hose, ehe er sie zuknöpfte, und sah genau hin, ob er gut genug aussah, um Maureen begegnen zu können.
Nora versuchte, hinter geschickt gestellten Fragen ihre Neugier zu verbergen und Jeromes verändertes Verhalten zu enträtseln, aber Jerome gab keine Antworten.
Einmal täglich warf er einen Blick in das Schlafzimmer seiner Mutter, die noch immer die Augendeckel in gleichmäßigen Abständen bewegte, und er beschloss, sich von der bedrückenden Atmosphäre im Haus fernzuhalten.

22

„Wir sind Traveller, Tinker", sagte Maureen eines Abends.

Das Kostüm aus blauem Samt war gerade fertig geworden. Sie bügelte die Nähte des glänzenden Futtertafts, der sich hell von dem stumpfen Samt abhob.

„Meine Eltern, meine Schwestern, alle meine Verwandten leben in Wohnwagen und ziehen hin und her zwischen den Counties Connemara, Clare, Donegal, Mayo und Dublin. Vor drei Jahren beschloss ich, sie zu verlassen und allein zu leben. Ich machte eine Schneiderlehre in Galway und wie du siehst, das blaue Samtkostüm ist feinste Arbeit."

Maureen lachte und Jerome liebte ihr Lachen. Es ließ ihn vergessen, dass er bei dem Wort Traveller für den Bruchteil einer Sekunde darüber erschrak, dass seine Liebste, seine Maureen, aus einer Familie kam, die als gesetzlos und geächtet galt.

Maureens Familie – Traveller, Nomaden?

Jerome hatte natürlich über die Traveller gelesen, die in den Wäldern verschwunden waren, als die Engländer kamen. Sie hatten sich nicht korrumpieren, kaufen oder bestechen lassen von den englischen Machthabern. Sie hatten ihre Güter verlassen, um aus dem Untergrund gegen die Engländer zu kämpfen. Später wa-

ren sie Tinmaker geworden. Sie blieben in den Wäldern und auf den Straßen und galten als ungewaschene, gesetzlose Bande, die sich nicht anpassen wollte.
Jerome hatte oft den Kopf geschüttelt, wenn er im Vorüberfahren die Frauen am Straßenrand ihre Wäsche auf der Leine zwischen zwei Wohnwagen hatte aufhängen sehen.
Er hatte nicht weiter über sie nachgedacht, über die sommersprossigen Kinder, die sich auf dem Marktplatz von Killorglin derbe Scherze erlaubten, die sich alles herauszunehmen schienen, kess um die Bänke flitzten, auf denen alte Leute ein wenig die Sonne genießen wollten, Kinder, die offensichtlich vom Stehlen lebten und denen es untersagt war, die Schule zu besuchen.
Jerome hatte sie als lästig empfunden, nicht mehr und nicht weniger.
Maureen lachte noch immer.
Und Jerome sah nur Maureen.
Welcher Kesselflicker ihr Vater, Großvater oder Urgroßvater gewesen war, interessierte Jerome nicht im Geringsten.
Er wollte Maureen und er wurde nicht satt an ihr.

23

Maureens Eltern Brefni und Lili Joyce und ihr Clan gehörten zu den Travellern, die sich seit vielen Generationen stolz in Irland bewegten.
Laut mündlicher Überlieferung waren ihre Vorfahren Traveller seit der großen Hungersnot Mitte des neunzehnten Jahrhunderts, als eine Million Iren verhungerten und eine Million auf die Schiffe gingen, die sie unter fürchterlichsten Umständen nach Amerika bringen sollten. Viele von ihnen blieben im Atlantik.
Traveller gab es seit St. Patrick in Irland und Brefni war überzeugt, dass sein Familienzweig zu den ersten gehörte, die im Land unterwegs waren.
Sie waren Kesselflicker, Musiker, die ihre eigenen Instrumente bauten, Tischler und Zimmerleute.
Brefni erzog seine Kinder streng. Sie erhielten Aufgaben und strikte Regeln, die sie einzuhalten hatten, und sie mussten sich schon früh um die Geschwister und deren Versorgung kümmern.
Maureen wurde als sechstes Kind von Lili und Brefni in Ballyconeely in der Nähe von Clifden geboren.
Maureen liebte das Gefühl, ihrem Clan zuzugehören, vom ersten Augenblick an.
Die Winter verbrachten sie in leer stehenden Häusern oder Ställen, die ihnen Farmer zur Verfügung stellten.

Ende Februar, wenn sich in Irland der Frühling ankündigt, wurden die Wände der Wohnwagen innen und außen gereinigt, der Boden neu gestrichen und die wenigen Möbel in die ersten Sonnenstrahlen gestellt. Nachdem winterliche Kälte und Klammheit vertrieben waren, fuhren sie los.

In den ersten Tagen der Reise nahm die Ausgelassenheit des Clans kein Ende. Lieder wurden gesungen und auf der Gitarre begleitet, abends wurden Feuer gemacht, Kartoffeln in der Schale und ganze Hühner gebraten und weiter gesungen. Maureen liebte die ersten Tage „on the road".

Ihr Vater Brefni war ein dunkelhaariger, stattlicher Mann.

In den Bergen und auf den Weiden über dem Shannon im County Clare jagte und fing er wilde Pferde, die er in langen Wochen mit Geduld erfolgreich zähmte.

Auf den Fairs, die im ganzen Land stattfanden, verkaufte er sie, erzielte gute Preise und sorgte so für den Lebensunterhalt seiner Familie.

Jedes seiner Kinder hatte ein Pferd von ihm bekommen und alle konnten reiten, bevor sie laufen lernten.

Brefni war gläubig. Wenn er genug Guinness getrunken hatte, sprach er am liebsten über den Turmbau zu Babel: „Die Menschen hatten alles und wollten mehr, da verwirrte sich ihre Sprache, weil Gott wollte, dass sie sich in alle Welt verstreuen. So haben wir es gemacht. Wir durften unsere Sprache nicht mehr sprechen, sie verwirrte und vermischte sich und wir verstreuten uns. So wie Gott es wollte. Deswegen sind wir ihm nah und er liebt uns besonders, denn wir leben nach seinem Willen."

„Gott liebt alle gleichermaßen", sagte Lili dann, „er macht keinen Unterschied, den Unterschied machen wir, weil wir ihn nicht verstanden haben. Lies über Abraham und seine Frau Sara. Sie hatte ihm keine Kinder geboren und gab ihm ihre ägyptische Magd Hagar zur Frau, damit sie ihnen Kinder gebäre. Abraham ging zu Hagar und sie wurde schwanger. Kaum aber, dass sie dies bemerkte, verlor sie die Achtung vor Sara. Daraufhin behandelte Sara Hagar so hart, dass sie davonlief."

Lili hatte ihren eigenen Wohnwagen.

Er stand auf den Marktplätzen der Fairs, Lili saß darin und las den Schlange stehenden Menschen für fünf Pfund aus der Hand, für acht Pfund aus der Kugel und für zehn Pfund zuerst aus der Hand und dann aus der Kugel.

Sie saß an einem Klapptisch, den sie mit goldfarbenen Tüchern bedeckt hatte. Am Fenster stand ein aus kleinen und großen, farbigen und formenreichen Muscheln gebautes Schiff mit zwei zimtroten Segeln, das von den darübergerafften, fransigen Vorhängen halb verdeckt wurde.

Lili hantierte souverän mit der Kugel.

Sie legte ihre mit zahlreichen Goldringen geschmückte Hand auf die Hände der Wissbegierigen und redete schnell und ohne Fragen hören zu wollen.

Draußen, angelehnt an den Wohnwagen, stand das große Schild: Lili Joyce, Fortuneteller.

Die zwölfte Tochter der zwölften Generation kennt die Zukunft.
Maureen hatte ihre Mutter oft gefragt, wie sie Dinge wissen könne, die später passierten.
„Ich kann Situationen sehen und wie sie sich entwickeln", sagte Lili. „Ich bekomme ein seltsames Gefühl und dann passiert genau das, was ich vorhergesehen habe in meiner Vorstellung, mehr kann ich nicht sagen. Es ist nichts Unrechtes dabei und ich kann mir nicht erklären, warum die Priester die Gläubigen von der Kanzel herab vor mir warnen. Gott hat mir diese Fähigkeit gegeben, damit ich den Menschen, die zu mir kommen, helfen kann. Ich weiß es, Gott ist auf meiner Seite."
Lili war tiefgläubig, aber innerlich zerrissen und entsetzt, dass die Kirche ihr die Unterstützung versagte und sogar vor ihr warnte.
Zu ihrer großen Freude aber schien niemand die Worte der Priester ernst zu nehmen, denn die Menschen kamen zahlreich in ihren Wohnwagen. Das Geld, das sie einnahm, vermehrte sich schnell und sie trug es Tag und Nacht an ihrem Körper.

Brefni hatte eine Tätowierung auf der linken Schulter. Sie war das schönste Bild in Maureens Kindheit: Eine tiefblaue Meerjungfrau stieg aus vier sich überschlagenden Wellen auf. Ihre gelockten Haare bedeckten die hervorblitzenden Brüste und auf ihrem Gesicht lag ein einladendes Lächeln, das Maureen heimlich nachzuahmen versuchte.

Unten in den Wellen schimmerte die schuppige, verzauberte Fischflosse, die ihre Spitzen zur Wellenoberfläche reckte.
Wenn im Sommer der Vater mit Maureen am Fluss entlangging und sie auf dem Arm trug, berührte sie unentwegt die Zeichnung auf seiner Schulter. Sie ließ ihre Finger zart über die Figur gleiten, fühlte sich mit der Meerjungfrau auf seltsame Weise verbunden. In ihrer Phantasie tauchte sie mit ihr zusammen in die Wellen hinab, um die vielen unter Wasser lebenden Meerjungfrauen zu begrüßen.

Als Maureen zehn Jahre alt war, packte die fünf Jahre ältere Schwester Kate, mit der sich Maureen eng verbunden fühlte, ihre Habe in eine Tasche aus braunem Baumwollstoff und nahm den Bus nach Dublin. Von dort wollte sie mit dem Schiff nach England, dann nach Amerika reisen und sich Arbeit suchen.
Maureen begleitete sie bis zur Bushaltestelle. Als Kate einstieg, brach Maureen in Tränen aus und winkte dem Bus nach, bis er nur noch als kleiner Punkt zu sehen war.
Dann rannte sie in den Wald. Weinend setzte sie sich neben einen hohen Stein und lehnte ihren Kopf an.
Ihre Traurigkeit wollte kein Ende nehmen und aus den rot unterlaufenen Augen strömte das Wasser.
Da vernahm sie plötzlich ein Echo.
Mehr und mehr fesselte es ihre Aufmerksamkeit und schließlich begann sie mit ihrer Stimme das Echo hervorzulocken.

Auf einer nicht weit entfernten Zeder saß ein großer grauer Vogel, dessen Federn mit weißen Punkten besprenkelt waren. Er erwiderte Maureens Schluchzen.
„Werde ich Kate je wiedersehen?", rief Maureen dem Vogel zu.
„Sie bleibt lange", verstand Maureen,
„Ja", sagte Maureen, „aber werde ich sie wiedersehen?"
„Du wirst", verstand Maureen.
Sie war getröstet und ihr Atem ging ruhiger.
„Danke", rief Maureen dem Vogel zu, der jetzt über ihr kreiste.
„Ich fliege jetzt Kate nach", verstand Maureen, „und ich bleibe bei ihr."
Mit kräftigen Schlägen bewegte er seine schweren, breiten Flügel und war schnell über den Wipfeln der Bäume verschwunden.
Maureens Traurigkeit war verschwunden und sie hüpfte in jenem Takt, der Kindern gehört, nach Hause.

Der Clan der Joyces reiste einige Jahre später von Ballyconeely nach Dublin, dann weiter nach Belfast und von dort wieder an die Westküste.
Sie waren viele Wochen unterwegs und besuchten die Fairs, die im Frühling und im Sommer stattfanden.
Maureen liebte dieses sommerliche Reisen, schloss Freundschaften auf den Fairs, die sie nach ein paar Tagen wieder aufgeben musste, und der Abschied machte sie jedes Mal traurig.
Anfang August erreichten sie Killorglin und bereiteten sich auf die Puck Fair vor.

Der Vater hatte drei Pferde, zwei Kühe, acht Schafe und einen Esel, die er feilbieten wollte, und hoffte einen guten Preis zu erzielen.
Jetzt standen sie auf der Wiese, umgeben von den Wohnwagen des Clans.
Unter den drei Pferden befand sich eine rote Stute, die Maureen unbedingt noch einmal reiten wollte, bevor sie auf der Puck Fair verkauft werden sollte. Maureen griff in die feste gelbe Mähne, schwang sich auf die Stute und ritt barfuß und ohne Sattel in die Berge. Auf halber Höhe begegnete sie vier jungen Männern, die den Ziegenbock für die Puck Fair gefangen hatten und ihn am Strick ins Tal führten. Der Bock ließ es ohne Widerstand geschehen und trottete neben den Männern her. Einer von ihnen war ein derber, rothaariger Bursche, der Maureen nachpfiff und einige Worte, die sie nicht verstand, hinter ihr herrief, als sie vorüberritt.
Brefni hatte sämtliche Tiere auf der Puck Fair verkauft. Die rote Stute hatte seinen ledernen Geldbeutel gut gefüllt.
Er hatte mit den Bauern den Tag verbracht, geredet und getrunken.
Es war Abend geworden, Brefni saß auf einer Bank am Rande der Puck Fair und sprach mit den Bauern Killorglins wohlgelaunt über die guten Tagesgeschäfte.
Der rothaarige Bursche näherte sich und sprach den betrunkenen Brefni ohne Umschweife an: „Ich bin heute auf dem Berg deiner Tochter Maureen begegnet. Sie ritt vorbei, ohne anzuhalten. Ich habe mich

wie der Blitz in sie verliebt, ich will sie haben, ich will sie heiraten. Ich bin Seamus, der Sohn des Bürgermeisters, und halte hiermit um ihre Hand an."

Brefni fand den jungen Mann gar nicht übel. Der Sohn des Bürgermeisters und Maureen, diese Verbindung schien ihm, zumal in dem Zustand, in dem er sich befand, perfekt zu sein.

Brefni erhob sich wankend von seinem Sitz, umarmte den jungen Seamus und klopfte ihm väterlich mit beiden Händen auf den Rücken, ohne die Tragweite seines Tuns zu überblicken.

Als Seamus am nächsten Mittag bei Maureen auftauchte, um der Ahnungslosen den Termin der Hochzeit zu verkünden, bekam sie einen Lachanfall, der bis in die Stadt hinein zu hören war.

Sie verließ den Clan der Joyces, wollte versuchen allein zu leben und tauchte nicht mehr bei ihnen auf.

Maureen ging zunächst nach Galway.

Vor ein paar Wochen hatte sie das Häuschen in den Dünen von Killorglin gemietet. Das Alleinsein und die Sesshaftigkeit fielen ihr leichter, als sie erwartet hatte. Sie arbeitete täglich viele Stunden und wenn es ihr zu eng sowohl ums Herz als auch in ihrem Zimmer wurde, ging sie zum Schwimmen in den Atlantik.

24

Dermot hatte vier Schafe geschlachtet und brachte Jerome die Innereien.
Jerome wickelte die große Leber eines der Tiere in Pergamentpapier, packte eine Handvoll Salbeiblätter dazu und fuhr mit dem Fahrrad zu Maureen.
Sie erwartete ihn im Garten.
Jerome fing gleich an zu kochen. Er legte die Kartoffeln in den Topf, der an einer Kette über dem Kamin hing, und füllte Wasser ein. Er schnitt einen Kopf Salat in Maureens Garten und bereitete eine Soße aus Zitrone, Öl und Minze.
Als die Kartoffeln fast gar waren, stellte er die große Pfanne auf den Gasherd und zerließ die Butter. Er schnitt die Leber in Scheiben, briet sie von beiden Seiten an und achtete sorgfältig darauf, dass die Prozedur nicht zu lange dauerte, damit die Leber zart blieb. Er gab frischen Pfeffer, Salbeiblätter und zum Schluss etwas Salz dazu.
Mit einer schwungvollen Bewegung präsentierte Jerome Maureen das köstliche Gericht.
Sie hatte einen dunklen Rotwein geöffnet, die Gläser fast voll eingeschenkt und stieß ihr Glas lachend gegen Jeromes.
Beide tranken einen kräftigen Schluck.

Jerome schnitt ein großes Stück von der Leber ab und aß voller Lust.
Maureen hatte ein kleineres Stück abgeschnitten und als sie die Gabel zum Mund führte und ihr der Geruch in die Nase stieg, ließ sie die Gabel fallen. Ihr war übel geworden, schlaff saß sie in ihrem Stuhl. Jerome war aufgesprungen und hielt ihr das Glas mit dem Wein an die Lippen und Maureen trank.
„Jerome, ich bin schwanger", sagte sie.
„Es ist wunderbar", sagte Jerome, „lass uns heiraten."
Sie gingen zu der kleinen Kapelle, die direkt am Atlantik liegt, um Father Michael, den Gemeindepriester, zu treffen.
Dort setzten sie sich auf die steinernen Stufen vor dem Eingang und besprachen die genaueren Einzelheiten ihrer Hochzeit.
Die Wellen des Ozeans klatschten laut gegen die nahen Felsen, der Wind wurde immer heftiger. Maureen und Jerome erhoben ihre Stimmen und brüllten sich lachend die Gästeliste zu.
Father Michael kam, schloss die Kapelle auf, Maureen und Jerome gingen mit ihm hinein und waren froh, weniger lautstark weiterreden zu können.
Sie berichteten dem Father von der bevorstehenden Hochzeit und er schlug erfreut den übernächsten Samstag als Datum für die Feier vor.
„Bis dahin habt ihr die Papiere zusammen", sagte der Gemeindepriester.
„Wir sind Traveller", sagte Maureen, „wir haben keine Papiere."

Father Michael zog einen Moment lang die Augenbrauen hoch zum Zeichen seiner Verwunderung, hatte sich jedoch gleich wieder im Griff und sagte mit festem Blick auf Jerome: „Das kriegen wir hin, ich werde eure Papiere ausfüllen."

25

Am Morgen der Hochzeit schien strahlend die Sonne. Nora schob den Rollstuhl mit der regungslosen Mutter auf dem Weg zur Kapelle. Dermot folgte ihr mit seiner Frau und seinen elf Kindern.
Nachbarn, Freunde und Verwandte waren aus den verschiedenen Counties angereist, um Jeromes Hochzeit zu feiern.
Dann sah man am Horizont vierzehn Wohnwagen, die eine mächtige Staubwolke hinterließen, die Straße zur Kapelle hinunterfahren.
Jerome hatte einen Spaziergang am Strand gemacht und bog in den Seitenweg zur Kapelle ein.
Maureen wurde in der grauen Limousine von Onkel Ryan, dem Bruder von Jeromes Mutter, vorgefahren. Sie trug das weiße Kleid mit einem langen Mieder und angekrausten Rüschen, das sie selbst genäht hatte. In ihren dunklen Locken saß ein weißer Blumenkranz, der Maureens Anmut unterstrich.
Jerome, der gerade an der Kapelle ankam, konnte die Schönheit ihrer Erscheinung fast nicht aushalten.
An Onkel Ryans Arm schritt Maureen zum Eingang der Kapelle.
Die vierzehn Wohnwagen waren inzwischen so nahe herangerückt, dass Maureen sie als die Behausungen

ihrer Familie hatte erkennen können und sich in Windeseile von Onkel Ryans Arm losmachte, den Rock ihres Kleides in der rechten Hand raffte und den Wohnwagen entgegenlief.

Maureen hatte ihrer Familie von der bevorstehenden Hochzeit geschrieben, aber nicht erwartet, dass sie kommen würde.

Maureens Vater Brefni, Maureens Mutter Lili, ihre Geschwister, darunter natürlich Kate mit ihrem Mann Edward, einem wohlhabenden, amerikanischen Farmer und ihren vier Kindern, die Großeltern, die Tanten, die Vettern und alle, alle waren sie plötzlich da und bevölkerten in ihren bunten Kleidern den Vorplatz der Kapelle.

Eine vorher nicht dagewesene Lebendigkeit hatte die Feierlichkeit verändert.

Maureen flog von einem Arm in den nächsten und Worte, Tränen und Lachen mischten sich in ihrem Gesicht.

Jerome nahm die Bilder, die sich vor ihm abspielten, sehr genau auf und er spürte die Herzlichkeit, die von ihnen ausging, aber auch ein Unbehagen in sich, das er nicht zulassen wollte und mit seinem Verstand wegwischte.

Maureen war an Onkel Ryans Arm zurückgekehrt, und schritt zum Altar, an dem Jerome sie empfing.

Die Kapelle war mit den Hochzeitsgästen bis auf den letzten Platz gefüllt und weitere Gäste wollten die Zeremonie bei geöffneter Kapellentür vom Vorplatz aus verfolgen.

Father Michael sprach zu Beginn ein kurzes Eingangsgebet.
Jerome berührte Maureens Hand und drückte mit zwei Fingern ihren Handrücken, so dass sie sich zu ihm umdrehte und lachte.
Er flüsterte in ihr Ohr: „Ich liebe dich."
Maureen gab ihm Zeichen, sich zu beruhigen.
„Glaubst du, unser Kind wird sesshaft?"
Der Satz war Jerome einfach herausgerutscht, ohne zu überlegen, so, als hätte er zu sich selbst gesprochen.
„Sesshaft?", wiederholte Maureen.
„Sesshaft, was meinst du mit sesshaft?"
Maureen schrie und ihre Stimme überschlug sich.
„Meinst du damit, dass dein Kind kein Tinkerkind werden soll?"
Maureen riss ihre Augen auf und schrie lauter.
„Warum nicht? Was stört dich an uns?"
Jerome versuchte Maureen zu umarmen, zu beruhigen und begriff die Aussichtslosigkeit schnell.
Father Michael hatte aufgehört zu beten.
Die Hochzeitsgäste hatten sich von ihren Plätzen erhoben und ein ansteigendes Raunen lag über der Menge.
Jeromes Gesicht war weiß.
„Nein, um Gottes Willen, nein, Maureen, nein", flehte Jerome leise.
„Wage es niemals wieder, in meine Nähe zu kommen", schrie Maureen.
Sie riss sich den Blumenkranz aus den Haaren und warf ihn Jerome vor die Füße.

Sie lief zu Father Michael, küsste seine Hände und sagte: „Ich kann nicht anders, es würde nicht gut gehen, es ist besser für das Kind, von Anfang an Klarheit zu haben."
Dann rannte Maureen schluchzend und fluchend durch das Spalier der Hochzeitsgäste aus der Kirche.

26

„Sesshaft." Jeromes Kopf war in den nächsten Wochen von diesem Wort besetzt. Es blieb ihm rätselhaft, warum er es ausgesprochen hatte,

Aber er hatte es ausgesprochen und Maureen zutiefst verletzt. Daran war nicht rütteln.

Und Jerome wusste es.

Sein Verstand war klar und sein Herz zerbrochen.

Im darauffolgenden Sommer widmete er seine gesamte Zeit den Lachsen. Er fing die Fische und räucherte sie. Und er tauchte zu ihnen hinab und blieb immer länger unter Wasser. Er machte zähe Atemübungen, um eine Technik zu erreichen, die ihn länger und länger unter Wasser bleiben ließ. Er brachte es schließlich mit einem Atemzug auf zwölf Minuten.

Nachts fuhr er mit dem Fahrrad an Maureens kleinem Haus vorbei, unten am Strand entlang.

Das Haus war unbewohnt, es brannte kein Licht, es gab keine Blumen im Garten.

Verzweifelt fuhr er durch die Nacht und es gab keine Hoffnung auf ein Ende seines verrückten Zustandes.

Von Monat zu Monat steigerte sich seine Verzweiflung. Er konnte nichts über Maureens Verbleib und den seines inzwischen geborenen Kindes in Erfahrung bringen.

Sein Eindruck war es, dass seine Familie und Nachbarn genau wussten, wie es Maureen ging, ihm aber nichts darüber sagten, weil sie glaubten, ihn schonen zu müssen.
Das Einzige, was ihn weiterleben ließ, waren die Lachse und die Ablenkung, die mit ihnen zusammenhing.

27

Im Hochsommer des darauffolgenden Jahres kam der berühmteste Komiker Hollywoods, Spencer Fox, mit seinem gesamten Tross für einen Monat nach Waterville, fünfzig Kilometer von Killorglin entfernt.
Spencer Fox drehte zwei Filme im Jahr, die sich durch leise, trockene Komik auszeichneten. Lola Montez und ihr jähes Ende in Amerika war sein erster großer Erfolg gewesen und seit der Zeit produzierte er. Er schrieb die Drehbücher, spielte in jedem seiner Filme die Hauptrolle und führte Regie.
Dennoch kannte niemand sein Gesicht.
In seinen Filmen spielte er die Rollen perfekt maskiert. Am Strand von Waterville bewegte er sich unerkannt inmitten seiner Frauen, seiner fünf Töchter, deren Kindern, Ehemännern und Freunden.
Bekleidet mit einer knielangen, im Wind flatternden, roten Badehose trippelte er in jener ihm eigenen Gangart am Wasser entlang und schwenkte dabei den lichtgelben Sonnenschirm, als ob er balancierte.
Seine Gefolgschaft bildete eine kleine Traube, die sich um ihn herum verteilte. Spencer Fox ließ sich plötzlich in den Sand fallen, die auslaufenden, kleinen, mit blasigem Schaum geränderten Wellen umspülten seinen Körper.

Er versuchte sie von seinen Armen und Beinen zu entfernen, sie wegzuwischen und mit gespielt verzweifelten Bewegungen loszuwerden. Weil es nicht zu gelingen schien, sprang er ebenso hastig wieder auf, wie er sich vorher hatte fallen lassen, eilte im Trippelschritt in die See und verschwand für einige Sekunden in den Wellen.

Dann tauchte sein dunkler Kopf auf und noch immer versuchten seine Hände die Schaumverfolger abzuschütteln.

Spencer schwamm sehr weit hinaus und als er endlich aus dem Wasser lief, war es Abend geworden und der Strand menschenleer.

Eine seiner Frauen hatte auf ihn gewartet.

Er drückte seinen wasserkalten Körper an ihre Brüste, an ihren Bauch und ihre Schenkel, streifte die schmalen Träger des Badeanzuges von ihren Schultern und nahm ihre Brustspitzen zwischen seine lustgewärmten Finger, dann zog er den Badeanzug an ihren Beinen herunter, bis die Füße sich des Kleidungsstückes entledigen konnten, und fickte sie.

Die kleinen mit Schaum geränderten Wellen trugen den Badeanzug langsam tänzelnd hinaus, bevor die See ihn an sich riss und er als türkisfarbener Punkt im Wasser verschwand.

Später lag das Paar erschöpft im Sand, Spencer Fox hatte sein Handtuch um die nackte Frau gewickelt und seinen Kopf auf ihre Brüste gelegt.

Als der halbe Mond über dem Atlantik aufgegangen war und die sich im Sand zufrieden räkelnde Frau dessen Schönheit bemerkte, sprach Spencer leise in ihr Ohr: „The moon is nothing but electricity."

Spencer Fox las die irische Sage „The Salmon Of Knowledge" und arbeitete seit ein paar Tagen an der Geschichte eines Fischers, der die Spur des „Lachses der Erkenntnis" durch die Weltmeere verfolgt und dabei in verwirrende Verwicklungen gerät.
In „The Salmon of Knowledge" wird geweissagt, dass ein Mann namens Finn vom Lachs der Erkenntnis essen und weise werden wird. Finn lebt seit vielen Jahren am Flüsschen Boyne und hat sein Leben lang versucht, den Lachs zu fangen. Dabei ist er alt und schwach geworden. Als ein junger Mann des Weges kommt, hält er ihn an und bittet ihn, den mächtigen Lachs zu fangen und zuzubereiten, ihn aber nicht zu essen. Der junge Mann, der ebenfalls Finn heißt, fängt den Lachs noch an diesem Tag und legt ihn zum Braten auf geschichtetes Holz. Als er ihn auf dem Feuer wendet, bildet sich unter der Haut des Lachses eine fette Blase, die Finn mit seinem Daumen eindrückt. Das Fett spritzt an seinen Daumen, er leckt es ab und hat Erkenntnis bekommen.

Spencer Fox saß in der Harbour Bar beim Whiskey.
„Natürlich", sagte Spencer Fox zu Terence, dem Mann hinter der Theke, „natürlich, einer versucht alles Mögliche und kämpft sich im Schweiße seines Angesichts ab, sein Leben lang, und dem anderen fällt es zu, just like that", und schnippte mit dem Finger. „Ich will alles

über die Lachse wissen", sagte er zu Terence und trank sein drittes Glas leer, „kannst du mir dabei helfen?"
„Die beste Lachsfischerin der Welt ist Queen Mum von England", sagte Terence.
„Sie wirft ihre Angel natürlich nicht in Irland aus. Aber die Lachse in den schottischen Flüssen zittern vor ihr. Sie zieht die grünen Gummistiefel bis zur Lendenbeuge hoch, schnallt sie fest und schon hat sie einen Lachs an der Angel. Kein Mensch weiß, wie sie das macht. Ab und zu nimmt sie einen Schluck aus einer kleinen silbernen Flasche, die mit bestem Gin gefüllt ist. Sie kennt jede Einzelheit über den Lachs. Hier in Irland fällt mir nur einer ein, mit dem Sie über den Lachs sprechen sollten, das ist Jerome O'Toole."
Am nächsten Tag fuhr Spencer Fox nach Killorglin, um Jerome O'Toole ausfindig zu machen.

Jerome war in der Räucherei.
Er war am Abend vorher von einer dreitägigen Fahrt mit zweihundertdrei Lachsen im Boot zurückgekommen und seitdem mit der Vorbereitung und dem Räuchern beschäftigt.
Die ersten fünfzig Lachse hatte er mittags in die Kammer gehängt, der Rauch stieg auf und jetzt verwandelte er die Fische in Filets für die nächste Lage. Er schnitt den Kopf des Fisches ab, danach den Schwanz, ritzte den Bauch auf, nahm Herz und Leber heraus, teilte dann den Lachs in zwei Filetstücke, begradigte sie und entfernte die Reste der Flossen. Mit einer Zange und geübtem Griff zog er die Gräten heraus, die er

beim Entlanggleiten des linken Daumens gegen den Strich ausfindig gemacht hatte.

Er schnitt eine winzige Menge Dill und vermischte sie auf einem Teelöffel mit zehn Tropfen Zitronensaft. Diese feine Mischung gab er in eine Salzlauge und bestrich damit die zarten Filets. Die Lauge sollte für die nächsten fünfzig Lachse reichen.

Spencer Fox hatte nach dem Weg zur Räucherei gefragt und war am Strand entlanggegangen. Er sah aus einiger Entfernung den Rauch aufsteigen und als er ankam, stellte er sich vor und sprach Jerome direkt auf sein Vorhaben an.

„Der Lachs", sagte Spencer, „der Lachs wird im Fluss geboren und später, wenn er ins Meer schwimmt, stellt er die Funktion seiner Organe auf Salzwasser um, das ist großartig, einmalig. Dann durchschwimmt er den Ozean zu bestimmten Zeiten, er schwimmt um die halbe Welt, so wie der Zugvogel den halben Himmel durchfliegt. Und natürlich kann es nur der Lachs sein, der dem Menschen die Erkenntnis bringen kann, weil der Lachs die Gesetze kennt. Das Gesetz des Meeres, das Gesetz der Zeit und der Wandlung, das Gesetz vom Ankommen und Verlassen und das Gesetz vom Durchqueren des Raumes. Und da er Wandlungen vollzieht und ungeheure Bahnen zurücklegt, weiß er, was es ist, das die Welt zusammenhält. Innen und außen, im Herzen und im Universum. Der Lachs weiß, warum die Planeten ihre Kreise ziehen und nicht plötzlich vom Himmel herunter und für alle Zeiten ins Nichts fallen. Der Lachs weiß es, weil auch er seine

Bahnen zieht. Nur der Mensch mit dem großen Verstand, der wurde aus der Bahn geworfen und weiß nichts, weil ihn sein Verstand an der Erkenntnis hindert. Und deswegen versucht er vergeblich sein Leben lang, den Lachs der Erkenntnis zu fangen und es gelingt ihm nicht, bis ein anderer daherkommt, der höchstwahrscheinlich ein verkleideter Lachs ist oder einer, der seinen Verstand verloren oder nie besessen hat und die Erkenntnis bekommt, von einer Minute zur anderen, weil er seine Zugehörigkeit zu den Gesetzen begriffen hat."

Jerome hatte sich hingesetzt. Er war erstaunt und belustigt über die Fülle der Gedanken, die plötzlich durch die Räucherei zogen und atmete mehrmals tief durch.

„Ich bin hier, weil ich mehr über den Lachs erfahren will, über den Weg, den er zurücklegt, über das Leben, das er dort unten führt", sagte Spencer.

„Ich tauche", sagte Jerome, „ich tauche zu den Lachsen hinunter, mehr weiß ich nicht, ich schaffe das ein paar Minuten da unten, ohne zu atmen, und für mich ist es der Ort, an dem ich mich am liebsten aufhalte."

„Nehmen Sie mich mit?", fragte Spencer.

„Wann immer Sie wollen", sagte Jerome, dem nicht klar war, was dieser Mann, der Komiker war, von ihm wollte, den er aber neugierig betrachtete.

Spencer blieb auf dem Boot, als Jerome ins Wasser sprang und hinuntertauchte. Jerome blieb zwölf Minuten und Spencer war fassungslos, als Jerome wieder auftauchte. Er hatte ihn nach fünf Minuten für tot geglaubt.

Als sie wieder in der Räucherei ankamen, schnitt Jerome Lachsscheiben auf, brachte Zwiebelringe, Kapern und Brown Bread.

„Lassen Sie uns den Film zusammen machen", sagte Spencer tief beeindruckt von Jeromes Leistung, „Sie sind mein Verbindungsmann zu den Lachsen, deren Weg wir beschreiben werden."

„Was kann da beschrieben werden?", fragte Jerome.

Er konnte Spencers Vorhaben schwer einschätzen und beschloss, eine abwartende Haltung einzunehmen gegenüber den Dingen, die sich vielleicht noch entwickeln würden.

Spencer kam nun täglich und die beiden Männer erarbeiteten ein Drehbuch, dessen Gerüst Jeromes Erzählungen über Lachse und Menschen der irischen Küste waren. Sie freundeten sich an.

Aber Jerome interessierte das alles nur am Rande, da er an Maureen und das Wort „sesshaft" dachte.

Spencer bemerkte Jeromes Kummer. Nach Schilderung der Geschehnisse riet er ihm, die Traveller nach Maureens Aufenthaltsort zu fragen.

Jeromes Kehle war täglich enger geworden und die Gedanken an Maureen hatten ihn in einen Zustand der Verzweiflung gebracht, dass er beschloss, Spencers Rat zu folgen und sich auf die Suche nach den Travellern und Maureen zu begeben.

28

„Wir fahren zusammen", sagte Spencer.
„Wir nehmen das Auto und arbeiten unterwegs am Drehbuch weiter, du zeigst mir Moycullen, den Ort der Sage, und das Flüsschen Boyne und wir werden den Travellern begegnen und nach Maureen fragen."
Jerome gefiel die Idee und am nächsten Tag fuhren sie los. Zunächst bis Galway.
Dort machten sie Station im Great Southern Hotel.
Sie saßen in den dunklen, hochlehnigen Stühlen, im Herzen der Stadt.
Spencer nannte es das schönste Hotel der Welt in der fabelhaftesten Stadt der Welt und Jerome war froh zu sehen, wie gut es seinem Gast gefiel, und sie bestellten ein mit allen Raffinessen zubereitetes Dinner.
Anschließend nahmen sie mehrere Whiskeys im Salon der Bar.
Sie saßen in Samtsesseln, die auf fein gewebten Teppichen standen. Die Salons gingen ineinander über, jeder für sich ein Ort des Luxus der traditionellen Art.
Die angeregten Stimmen der zahlreichen Gäste in den tiefen Sesseln waren eine angenehme Untermalung der Atmosphäre.
„Was ist es", sagte Spencer, „was dich in die Nähe der Lachse tauchen lässt?"

„Das kann ich nicht beschreiben, sowenig wie ich beschreiben kann, warum ich Maureen vermisse", sagte Jerome.

„Wenn ich im Ozean schwimme", sagte Spencer, „kommen die Wellen auf mich zu, höhere, niedrigere. Angenommen, eine sehr hohe Welle rollt heran, dann werfe ich mich auf halber Höhe in den Kreis, den sie zieht, und werde mit dem Kopf nach oben wieder hochgeschwemmt. Die Welle trägt mich hoch, während sie sich um sich selbst dreht. Ist es das, was dich fasziniert am Wasser, am Lachs? Ist das das Bild des Lebens für dich? Sich in die Gegebenheiten hineinstürzen und sich tragen lassen, ohne dagegen anzukämpfen, ohne sich zu entziehen, ohne Pläne zu machen, sich bewusst und spielerisch zugleich im Strom des Lebens gleiten zu lassen?"

„Ich weiß es nicht", sagte Jerome, „ich habe nie darüber nachgedacht. Das Leben geschieht und ich nehme es an."

Spencer schien nicht zufrieden und griff zum Glas.

Eine Dame in einem schwarzen Kleid mit kirschrotem Seidenkragen fragte Spencer, ob sie sich mit an den Tisch setzen dürfe, was er natürlich bejahte.

Er holte weitere Getranke an der Bar und brachte Whiskey für die Dame.

„Im großen Salon wird die Hochzeit meiner Cousine gefeiert", sagte sie, „lassen Sie uns austrinken, hingehen und tanzen."

Die Idee gefiel Spencer außerordentlich und zu dritt gingen sie durch die Halle zum großen Salon.

Die schöne, prunkvoll gekleidete, unnahbare Braut stand in der Mitte der Halle.
Zwei eifrige Brautjungfern bemühten sich um die perfekte Zurechtlegung des schweren Rockes und drapierten ihn hinten raffiniert mit großen Sicherheitsnadeln, mit denen sie in aller Leichtigkeit hantierten. Später beim Tanzen machte der Rock jede Bewegung der musikalischen Braut schwungvoll mit.
„Nichts ist so, wie es zu sein scheint", sagte Jerome, „die verdeckten Sicherheitsnadeln im Rock der Braut sind der beste Beweis."
Sie saßen an der Bar, die Kapelle spielte die üblichen Countrynummern und die Stimme der jungen Sängerin war kräftig.
Die Dame im schwarzen Kleid nahm Spencers Hand, führte ihn auf die Tanzfläche und ließ ihre tiefrot lackierten Nägel auf seinem karierten Anzugsstoff in Höhe der gepolsterten Schultern hin- und hergleiten.
Jerome trank sehr viel Whiskey, steigerte sich in die Sehnsuchtstexte der Sängerin hinein und in seinem Kopf schwebte er mit Maureen im weißen Hochzeitskleid über die Tanzfläche.
Spencer und die Dame im schwarzen Kleid brachten Jerome sehr spät in sein pompöses, mit blaugoldenen Tapeten und roten Samtvorhängen ausgestattetes Zimmer, das die Feuchtigkeit der langen Winter atmete.
Spencer und die Dame verließen Jerome eng umschlungen.
Jerome schlief sofort ein.
Zum Frühstück kam Spencer allein und gut gelaunt.

„Wir fahren heute in Richtung Clifden", sagte er zur Begrüßung zu Jerome, der bereits am Tisch im Speisezimmer saß und den diagonal geschnittenen Toast mit Butter bestrich.
Die Fahrt ging über Salthill nach Spiddal am Atlantik entlang. Von Spiddal weiter durch den Torf, in Richtung Moycullen.
Die Straße steigt zunächst steil, und als sie die Anhöhe erreicht hatten, hielt Jerome an. Sie stiegen aus und warfen einen Blick auf das Meer, das tiefblau vor ihnen lag.
Der Weg neben ihnen führte in den Torf.
Der Anhänger eines Traktors wurde von einem Mann mit handgestochenem, in Brikettform geschnittenem Torf beladen. Die Schaufel des zweiten Mannes schnitt durch die schwere, schwarze, feuchte Masse und heraus kamen exakt gleich große Stücke, die der Mann behutsam und genau aufschichtete.
„Dabei kann ich träumen", sagte der Mann und lachte in die Sonne.
Seine ruhigen und sicheren Bewegungen faszinierten Spencer.
Dann legte der Mann die Schaufel beiseite und zeigte Jerome und Spencer die aus Steinen aufgeschichtete Feuerstelle, in der seine Vorfahren Potheen, den illegal destillierten Whiskey, gebrannt hatten.
„Uisce Beatha, es bedeutet Wasser des Lebens", sagte der Mann stolz und zeigte zum Horizont.
„Als es die Straße noch nicht gab, war hier die einsamste Stelle in der Gegend. Die Garda wäre schon

von weitem gesehen worden, aber bis hierher sind sie nie gekommen. Meine Leute hatten hier fast alles, was sie zum Brennen brauchten: Torf, Quellwasser, Weizen, Hafer, die Melasse brachten sie mit. Dort drüben", jetzt zeigte er in Richtung Ozean, „dort drüben im Atlantik liegt eine unbewohnte Insel, da brennen sie heute noch Potheen. Einmal hat sich die Garda auf dem Festland versteckt, um das Boot, das zur Insel fährt, zu beobachten. Sie vermutete Potheentransporte. Mein Onkel, der zwei Mal im Monat zur Insel fährt, um das Zeug abzuholen, hatte Wind von der Garda gekriegt. Also strich er sein Boot auf der einen Seite schwarz und auf der anderen Seite weiß. Die Garda meinte daraufhin, es seien verschiedene Boote und blies die Aktion ab."

Er holte eine kleine Flasche aus seiner Jackentasche und ließ Jerome und Spencer probieren. Sie nahmen einen und noch einen Schluck. Es war starkes Zeug und es schmeckte ihnen.

Sie saßen neben der Feuerstelle und Spencer sagte, er wolle wiederkommen, um Potheen abzuholen, das er mit nach Amerika nehmen wolle.

„Jederzeit", sagte der Mann vergnügt, „ich bin der glücklichste Mensch auf der Erde, ich würde nicht mit dem reichsten Kerl der Welt tauschen wollen. Ich habe alles: Mein Land, den Himmel, ein warmes Haus und genug zu essen. Und wenn ich morgens nicht aufstehen will, bleibe ich im Bett."

Dazu lachte er schallend und lange.

Graublaue, tiefe Wolken hingen über der unbewohnten Landschaft, als Jerome und Spencer weiterfuhren. Feiner, leiser Niesel hatte den Asphalt der schmalen Straße dunkel gefärbt.

Der starke Regen, der dann plötzlich einsetzte, kam einer Welle gleich. Vorsichtig schleuste Jerome das schlingernde Fahrzeug über die im Nu überflutete Straße.

Im Rückspiegel konnte er die Spuren des Wagens an den sich ineinander rollenden Wassermassen erkennen.

„Es ist phantastisch", sagte Spencer, als sie weiter in Richtung Moycullen und durch die überall im Torf aufgeschichteten Pyramiden fuhren, „wie die Reise in eine ferne Zeit, dunkel und wild. Ich werde Potheen mitnehmen, jede Menge."

„Unser Mann destilliert ihn natürlich selber auf der kleinen Insel", sagte Jerome, „nicht sein Onkel. In einzelnen Fällen wird sich die Garda mit einem Liter Potheen zufrieden gegeben haben und mit den Schwarzbrennern um die Torffeuer herumgetanzt sein, denn wir Iren lieben die Spiele, das ist ja bekannt. Mein Vetter lebte in Claddaghduff. Dort brannten sie Potheen und die Dubliner Garda schickte einen Zivil-Inspektor. Er klopfte an der Tür meines Vetters und gab vor, unter heftigen Magenschmerzen zu leiden. Er krümmte sich, stöhnte und fragte meinen Vetter höflich nach einem Glas Milch. Natürlich gab ihm mein Vetter die gewünschte Milch. Der Mann trank sie vorsichtig und schluckweise. Mein Vetter hatte ihm einen Stuhl angeboten. Die Schmerzen des Mannes ließen aber nicht nach. Schließlich rückte der Gast mit seiner Absicht heraus: Die Milch scheint nicht zu helfen. Vielleicht haben Sie etwas Potheen? Nicht viel, ein Esslöffel reicht mir. Mein Vetter fand, das sei eine gute Idee, holte die Flasche mit dem Potheen und füllte ein wenig in ein kleines Glas. Der Mann trank und siehe, schon nach kürzester Zeit waren die Magenschmerzen verflogen. Der Fremde bedankte sich und verließ das Haus und das Dorf.

Kurze Zeit später kam die Frau meines Vetters, die er Missis nannte, nach Hause und mein Vetter erzählte von der Begebenheit. Missis empörte sich sogleich über die Dummheit ihres Mannes: Du lässt einen Fremden ins Haus, dem du Potheen anbietest, du wirst sehen, sie kommen noch vor heute Abend zurück und zerren uns allesamt vor Gericht, uns und das ganze Dorf.

Missis klopfte an jede Haustüre im Dorf, um zu warnen, und die Bewohner sprangen mit den Potheenflaschen in die Wälder, um den schwarz gebrannten Whiskey in Höhlen und unter Baumwurzeln zu verstecken. Missis füllte Wasser in eine Flasche, deren Hals sie sorgsam mit ein wenig Potheen einrieb und in ihren Küchenschrank stellte, ansonsten waren alle Flaschen verschwunden. Gegen Abend durchkämmten dreißig Polizisten aus Dublin die Häuser des Dorfes. Sie fanden nichts, außer die nach Potheen riechende Flasche im Hause meines Vetters. Sie nahmen ihn und Missis mit auf die Wache und drängten auf einen kurzfristig anberaumten Prozess. Die inzwischen versiegelte Flasche wurde am nächsten Tag dem Richter übergeben, der das Siegel brach und sich einen Schluck eingoss, um anschließend die Strafe zu verhängen. Er trank und blies die Verhandlung sofort ab. Mein Vetter und Missis waren am Abend desselben Tages zurück in Claddaghduff."

Der Regen hatte aufgehört.
„Hier wuchsen Wälder", sagte Jerome, „bis die Engländer sie abholzten für ihre Flotte und die war Jahrhunderte lang mächtig. Also wurden die Wälder gerodet bis auf den letzten Stumpf. In Irland, England blieb natürlich verschont."
Sie kamen an das Flüsschen Boyne.
„Hier lebte Finn und wartete auf den Lachs. Hier nimmt unsere Geschichte ihren Anfang, das ist ein wunderbarer Drehort", sagte Spencer und klatschte in die Hände.
Das Flüsschen schlängelte sich durch Gebüsch und Wiesen, das klare Wasser ließ einen Blick bis auf den Grund zu und kleine und große Fische flitzten an ihnen vorbei.
Spencer legte sich ans Ufer, faltete die Hände über seinem Kopf, schloss die Augen und träumte von kirschroten Seidenkragen.
Die Fahrt ging weiter über Oughterard am Lough Corrib, über Maam Cross nach Clifden.
Sie hielten an, um in dieser kleinen Westernstadt am Ende der Welt eine pürierte Karottensuppe mit Brown Bread zu sich zu nehmen. Die kurze, steil ansteigende

Main Street war belebt mit Touristen, die Cowboyhüte trugen.
Am höchsten Punkt der Sky Road, außerhalb Clifdens, auf einer von Felsen umrahmten Wiese hatten sich Traveller niedergelassen.
Jerome hielt an und sprach mit einigen Frauen, die auf Steinen vor ihren Wohnwagen saßen.
„Kennen Sie die Familie Joyce?", fragte Jerome.
„Jeder von uns hier heißt Joyce, wen suchen Sie?"
„Brefni und Lili."
„Sie sind am Dog's Bay, kurz vor Roundstone", sagte eine der Frauen und wandte sich ab.
Jerome schwankte zwischen zögerlicher Angst und bangender Freude.
Brefni und Lili Joyce waren in greifbare Nähe gerückt.
In seinem Kopf sah er Maureen bereits vor sich, spürte die Nähe ihres Gesichtes und die pralle Weichheit ihrer geöffneten Lippen.
Sie fuhren über Ballyconeely in Richtung Roundstone.
Tausende felsiger Brocken in allen Formen reihen sich bis zum Horizont aneinander und es ist der geborgenste aller Orte.
Hier hatten die weit verzweigten Joyces ihren Standort für den Sommer aufgeschlagen.

29

Kleine Feuerstellen im Sand waren als Rauchzeichen zu sehen, als Jerome und Spencer sich dem bewohnten Strand näherten.
Die vierzehn Wohnwagen der Joyces bildeten einen Kreis in der Rundung der Bucht.
Frauen stellten Töpfe auf die aufgeschichteten Torffeuer, Kinder rannten überall herum, Männer lehnten rauchend und redend an Wohnwagen und Autos.
Brefni Joyce sah die beiden Besucher kommen und lief auf sie zu.
Er erkannte Jerome sofort und begrüßte ihn und Spencer herzlich.
Er lud sie in seinen Wohnwagen ein, rief Lili, füllte Gläser mit Guinness und stellte heiße, aus dem Feuer geholte Kartoffeln mit frischer Butter und gegrillte Schinkenscheiben auf den Tisch.
„Slante", sagte Brefni Joyce und erhob sein Glas, um anzustoßen.
„Slante", sagte Jerome.
„Ich habe Maureen nicht verstanden", sagte ihr Vater, „sie hat es übertrieben, sesshaft hin, sesshaft her, sie hätte dich heiraten sollen. Wahrscheinlich hat sie damals aus Angst so heftig reagiert, aus Angst vor der eigenen Sesshaftigkeit."

Jerome war erleichtert, dass Maureens Vater ihn nicht verachtete.
„Wo ist Maureen?", fragte er.
„Wir wissen es nicht genau. Wir hatten Streit mit ihr, nachdem sie aus der Kapelle gerannt war. Sie ließ daraufhin nichts mehr von sich hören, aber sie ist in Killorglin oder in der Umgebung, so viel konnten wir erfahren. Sie lebt dort mit Sheila, ihrer Tochter."
Sheila, dachte Jerome, meine Tochter heißt Sheila.
Jerome war unruhig. Er wollte zurück nach Killorglin. Er wollte mit Dermot sprechen. Er wollte Dermot bitten, ihm zu helfen, Maureen zu finden.
Wenn Maureen in Kerry ist, dachte Jerome, wird Dermot sie finden, er kennt dort jeden Stein.
Jerome hatte Recht.
Dermot wusste, dass Maureen außerhalb Killorglins auf einer kleinen Farm lebte, dass der rechtschaffene Mann, den sie geheiratet hatte, Sheila als seine Tochter angenommen hatte und Maureen bereits wieder schwanger war.
Dermot wusste das, alle wussten es, aber keiner ließ es Jerome wissen.
Also brauchte es den Zufall und auf diesen wartete Jerome, der nun wusste, dass Maureen in Killorglin war, da er Brefni Joyces Worten vertraute.

30

Spencer Fox hatte beschlossen das Drehbuch in Irland fertig zu schreiben.
Sein illustrer Anhang war zurück nach Hollywood geflogen.
Spencer hatte Waterville verlassen und war auf Jeromes eindringlichen Wunsch nach Killorglin in das Haus der O'Tooles gezogen.
Nora bereitete das Dinner, sie saßen zu dritt in der schattigen Küche. Spencer erzählte Geschichten aus Amerika, er sprach über die Liebe, stellte direkte Fragen und scherzte mit Nora, die seine Aufmerksamkeit genoss.
„Wir alle hängen in diesem Kosmos", sagte Spencer, „Steine, Pflanzen, Planeten, Tiere. Nimm zum Beispiel die Rosen, die eine blüht gelb, die andere blüht rot, die eine blüht stark und rund und der Duft betört meilenweit, die andere hat spitzige Blätter. Keine kann Blüte, Blatt oder Stängel verändern, so wie wir nicht aus unserer Haut herauskönnen, wir sind gemacht von A bis Z und fertig. Die Rose braucht Sonne und Wasser, um zu wachsen, das ist alles, so wie Mütter ihre Kinder begießen, bis jene ihre eigenen Gläser füllen und Wege gehen, die unergründlich sind. Da hilft keine Religion und kein von Menschen ins Leben gerufe-

ner Gott. Kosmos. Das ist es. Kosmos der Planetenwelten und Kosmos in der winzigsten Zelle."
Nora dachte nach und Jerome lächelte vor sich hin.

Die drei spazierten in der sommerlichen Dämmerung im Orchard, als sie einen schrillen Schrei hörten, der kurz darauf abrupt abbrach.
Nora hatte die Stimme ihrer Mutter erkannt und stürzte ins Haus, Jerome und Spencer rannten hinterher.
Mit weit aufgerissenen Augen lag Marie auf der samtbezogenen Decke ihres Bettes. Sie war tot. Niemand hatte zuletzt eine Veränderung bemerkt.
Auf dem Friedhof, der direkt am Atlantik liegt, wurde Marie zwischen ihrem Vater Patrick Doyle und ihrem Mann Fion begraben. Jerome hatte seine Mutter in eine wollene Decke gewickelt und in den Sarg gelegt, der sie an zwei festen Seilen hinuntergelassen zu ihren beiden Liebsten brachte, zu ihrem Vater und zu Fion.
Jerome war traurig und erleichtert über den Tod der Mutter und nahm seine Schwester nach vielen Jahren zum ersten Mal in den Arm, als sie den Friedhof verließen.
Die Umarmung hatte Nora ermuntert, Jerome Fragen über Maureen zu stellen, um herauszufinden, was er wusste, denn Dermot hatte auch Nora von Maureens Verbleib in Killorglin erzählt.
Jerome schwieg.

Das Drehbuch wurde im Winter fertig. Die Gipfel der Slieve Mish Mountains waren mit Schnee bedeckt.

Jerome bestand darauf, dass Spencer über Weihnachten in Killorglin blieb.
Dermot brachte den Baum im ratternden Anhänger seines Vehikels und sie stellten ihn im Salon auf.
Die ersten mit Goldstaub bepuderten Karten trafen ein. Nora stellte sie mit feierlicher, ernster Geste auf den Kaminsims, nahe am Baum.
Am Nachmittag des ersten Weihnachtstages saßen Jerome und Spencer am Fenster, schauten in die Kälte, auf das dunkle graugrüne Meer.
Nora hantierte klappernd mit dem Geschirr.
„Ich komme im Mai zurück", sagte Spencer, „und im Juni fangen wir an zu drehen."

31

Anfang Mai stand Killorglin Kopf.
Die Hotels und Gästehäuser platzten aus allen Nähten. Die Kameraleute, die Tonmänner, die Tauchmannschaft, die Produktionsassistenten, die Schauspieler, unter ihnen mindestens drei Stars, die Kabelträger, die Friseure und die Scriptgirls, alle waren sie aus Hollywood eingeflogen, um in den kommenden sechs Wochen am und im Atlantik einen komischen Film über den Lachs zu drehen.
Niemand wusste genau, worum es gehen sollte, jeder verließ sich auf Spencer Fox, der wie immer Produktion, Regie und Hauptrolle übernommen hatte.
Im Hafen von Tralee, in Fenit, stand ein luxuriöses, ozeantaugliches, aus Cherbourg angeheuertes Schiff als Drehort für den Film bereit.
Die erste Szene sollte in Moycullen am Flüsschen Boyne gedreht werden.
Spencer verbrachte Tag und Nacht auf dem Schiff, um die Aufbauten im Detail zu bestimmen. Er war in seinem Element.
Der Mann aus dem Torf brachte täglich Potheen.
Manchmal erschien Spencer an Deck, forsch, mit entschlossenen Bewegungen, dirigierend, präzise und immer in Eile.

Die Wände des Speisesaals wurden in pinkfarbener Seide, der Boden mit rotem Veloursteppich ausgeschlagen. Die Kameraeinstellungen wurden minuziös festgelegt, einzelne Szenen dutzende Male geprobt.
Die Bewohner von Fenit standen bis in die späten Nachtstunden in der Nähe des Schiffes, um das gebotene Schauspiel in Gossip zu verwandeln.
Der geplante Film war zum Gespräch in ganz Irland geworden und die Tageszeitungen berichteten jeden Morgen mit Schlagzeilen und Fotos über den genauen Stand der Dinge.
Zwei Tage vor dem geplanten Drehbeginn brach in der Küche des Schiffes beim Grillen eines Lachses ein Feuer aus. Der Lachs war über der Kohle gedreht worden, als er plötzlich in Flammen stand. Schnell griffen sie auf Möbel und Filmgeräte über.
Spencer musste den Beginn um vier Tage verschieben, was ihn mürrisch und ungehalten werden ließ.
Jerome hatte nicht wirklich an die Verfilmung des Drehbuches geglaubt. Der jetzt stattfindende Aufwand ließ ihn unbeeindruckt.
In Moycullen wurde die erste Szene gedreht.
Spencer spielte den alten Finn.
Jerome sollte dessen Unterwasserszenen im Atlantik doubeln. Er fragte Spencer nach dem Drehbuch, fing an zu lesen und prägte sich den Ablauf ein.
Finn Dun lebt am River Boyne in einem Haus, das zur Gartenseite hin am Wasser liegt, und jagt den Lachs, der die Walnüsse vom Baum der Weisheit mit der Schale frisst.

Der Walnussbaum steht in Finn Duns Garten und von den Nüssen fallen auch einige in den Fluss. Der Lachs holt sie sich und schnappt, was er kriegen kann. Es fallen mehr und mehr Nüsse vom Baum und wie verhext fallen sie immer in den Fluss.
Der Lachs wächst und wächst, seine außergewöhnliche Größe ist Gesprächsstoff in Connemara.
Die Menschen halten sich am Flüsschen Boyne auf, um den riesigen Lachs auftauchen und Nüsse holen zu sehen.
Im Winter ist der Lachs verschwunden.
Dann blüht der Walnussbaum und sobald die Nüsse reif sind, ist der Lachs da.
Das Spiel steigert sich von Jahr zu Jahr und die Nüsse fallen vom Baum in den Fluss. Der Baum neigt sich immer stärker über den Fluss, bis schließlich keine einzige Nuss mehr in Finn Duns Garten fällt.
Er sieht den Lachs stündlich im Fluss auftauchen. Der Fisch ist inzwischen derart mächtig geworden, dass er bis in die Krone des Baumes springt, um die letzten dort oben hängenden Walnüsse zu schnappen.
An das Fangen des Lachses verschwendet Finn Dun lange Zeit keinen Gedanken.
Ist die letzte Nuss verzehrt, verschwindet der Lachs.
Finn Dun beschließt eine Fahrt mit dem Schiff über den Atlantik, um dem Lachs auf die Spur zu kommen.
Nachdem er sein bisheriges Leben am Flüsschen Boyne verbracht hat, trifft Finn Dun auf der Überfahrt auf Menschen, die aus ganz Irland gekommen sind, um nach Amerika auszuwandern.

Er lernt ein Mädchen kennen, in das er sich verliebt, und will sie davon abbringen, nach Amerika zu gehen. Finn Dun springt über Bord, die Menschen stehen fassungslos an der Reling. Er jagt den Lachs, taucht in dessen Welt und kommt ohne Beute zurück.
Und dann kommt ein anderer daher. Es ist der junge Finn Ban, der beschlossen hat, nach dem Lachs zu tauchen.
Finn Dun tanzt im Mondlicht an Deck des Ozeandampfers mit seinem Mädchen.
Die sanfte Musik klingt aus dem angrenzenden Salon herüber. Er hält sie in seinen Armen, wie er nie zuvor eine Frau in seinen Armen gehalten hat, als der junge Finn Ban vor ihren Augen in die See springt. Es dauert nur wenige Minuten, da ist er schon zurück, den riesigen Fisch hält er mit aller Leichtigkeit in der Hand. Der Fisch zappelt heftig und gibt nach kurzer Zeit an Deck liegend auf. Finn Ban bringt den Lachs zum Grillen in die Küche. Gierig nimmt er immer wieder große, halb gare Stücke des Fisches, verschlingt sie und lässt keine Faser übrig.
Das Mädchen folgt ihm.
In der Nacht liegen Finn Ban und das Mädchen an Deck und geben sich ihrem zugeflogenen Glück hin.

32

Am siebten Drehtag stand Jerome als Spencers Double an Deck des Schiffes, bereit, in den Atlantik zu springen, um den Lachs der Erkenntnis zu jagen.
Das Schiff war weit hinaus gefahren.
Zwei Taucher mit Unterwasserkameras sollten Jerome folgen. Spencer gab ihnen noch einige Anweisungen und Jerome sprang über Bord.
Die an Deck stehenden Zuschauer applaudierten, als Jerome kopfüber ins Wasser eintauchte.
Die beiden Männer mit den Kameras sprangen hinterher und nahmen ihre Arbeit auf.
Jerome schwamm unter Wasser, er glitt mit unbeschreiblicher Leichtigkeit dahin und begann sich sehr wohl zu fühlen. Er erinnerte sich an die erste Begegnung mit Maureen und tauchte tiefer. Er hatte das Gefühl, dass Maureen wieder neben ihm schwamm, spürte ihre Bewegungen und sah in das Lichtgrün ihrer Augen.
Zwei Lachse schwammen jetzt an seiner Seite mit Jerome in die Tiefe. Es war ein unaufhaltsamer Sog, dem er freudig folgte.
Jerome war nie vorher in diese Tiefe getaucht und jetzt wusste er, dass er sich nichts anderes gewünscht hatte.
Es war still und hell hier unten. Die Pflanzen und Fi-

sche leuchteten in klaren Farben und die beiden Lachse führten Jerome durch ein rotes, hohes Korallentor in ihre Welt.
Mehrere tausend Lachse hatten auf Jeromes Ankunft gewartet und als er mit seinen beiden Begleitern ankam, begann die Reise durch den Atlantik. Die Lachse nahmen Jerome in ihre Mitte und Jerome war einer von ihnen. Pausenlos teilte sich das Wasser vor seinem Kopf und streichelte seine Stirn.
Er schnappte nach den kleinen Krustentieren, die sich ihm im Wasser darboten und sie schmeckten ihm.
Jerome war glücklich.
Er empfand Zugehörigkeit zu den schillernden Lachsen und sein Herz trieb ihn weiter und weiter voran.
Als er wieder auftauchte, wusste er nicht, wie viel Zeit vergangen war. Die Kameramänner hatte er längst abgehängt.
Er schwamm auf einen Felsen zu, an dem er vor einigen Tagen seinen frisch geteerten Hooker festgemacht und einen wasserdichten, verschlossenen Sack mit Proviant zurückgelassen hatte.
Jerome kletterte in das Boot und ruderte nun den Lachsen hinterher. Die Lachse schwammen um das Boot herum und als Zeichen ihrer Nähe sprangen einige von ihnen aus dem Wasser und Jerome glaubte sie lächeln zu sehen.
Jeromes Ziel war Island. Er verbrachte Tage und Nächte auf dem Boot und seine Kraft ließ nicht nach, er durchzog das Meer in gleichmäßigem Tempo und ohne Hast.

Maureens Gesicht hatte Jerome nicht verlassen, seit er auf dem Meer war. Wie in einem Kaleidoskop sah er ihre Augen und ihren Mund, ihre Hände, die ihm zuwinkten und das rotbraune Haar mit dem Blumenkranz, dessen feuchte Blätter ein wenig in Unordnung geraten waren und an einer Seite herabhingen.
Mit stummer Zielstrebigkeit zogen die Lachse ihre Bahn durch das bewegte Meer und an der Oberfläche ruderte Jerome.
Einmal hielten die Lachse für einige Stunden an, um auf einen zweiten großen Schwarm zu warten, und nun schwammen alle zusammen dicht gedrängt weiter.
Jerome hatte jegliches Bewusstsein für Zeit und Raum verloren.
Er wusste nichts.
Es gab nichts, was ihn bedrückte, bedrängte oder beunruhigte, es gab nichts, was er hätte versäumen oder aufschieben können.
Manchmal verweilten die Lachse einige Stunden an einer Stelle, an der sie besonders viele Krustentiere entdeckt hatten. Gesättigt schwammen sie anschließend, große Kreise bildend, an die Meeresoberfläche und waren zu allerlei Kapriolen bereit.
Jerome verstand es, vom Boot aus ihre Scherze zu erwidern und dann schwammen sie weiter. Er ruderte einfach über die See, hoher Wellengang beeinträchtigte sein Weiterkommen nicht und das unsichtbare Band zwischen ihm und den Lachsen hielt.

33

Die beiden Taucher hatten Jerome bereits nach einigen Minuten unter Wasser verloren. Stundenlang hatten sie danach den Ozean vergeblich abgesucht.

Spencer war verzweifelt. Er stand an der Reling des Schiffes und schaute aufs Meer.

„Es war meine Idee", rief er Jerome zu, den er tot auf dem Grund des Meeres vermutete, „es war meine verrückte Idee, ich sollte die Finger vom Lachs und vom Ozean lassen."

Er erwog, die Dreharbeiten abzubrechen, als die Maskenbildnerin, die er lange und gut kannte, auf ihn zukam.

„Lass uns weitermachen, Spencer", sagte sie, „Trauer ist verlorene Zeit und hilft deinem Freund nicht mehr."

Sie schlang ihre Arme um seinen Hals und küsste ihn so, dass er ihre und seine Kleider nach und nach auf den Boden des Decks fallen ließ.

Spencer kürzte die Unterwasserszenen und drehte den Film zu Ende.

Als nach Ende der Dreharbeiten das voll bepackte Flugzeug Irland gen Amerika verließ, schaute Spencer auf die Insel, bis sie am Horizont verschwunden war. Er beschloss wiederzukommen.

34

Viele Monate später tauchte Jerome in Moycullen auf. Er war durchnässt und ging in den ersten Pub, an dem er vorbeikam, um einen heißen Whiskey mit Nelken zu trinken.

Der Wirt bot ihm ein trockenes Hemd, eine trockene Hose an und einen zweiten heißen Whiskey mit Nelken auf Kosten des Hauses an, da er sah, dass Jerome in diesem Aufzug unmöglich Geld bei sich haben konnte.

Jerome nahm das großzügige Angebot erfreut und dankbar an.

„Mein Schwager fährt morgen früh nach Tralee, da bringt er dich bis Killorglin, bleib die Nacht über hier und trink noch einen", sagte der Wirt.

Jerome blieb.

Am nächsten Morgen brachen sie nach Killorglin auf und als der Schwager des Wirtes Jerome am Stadtrand aussteigen ließ, ging Jerome zu Fuß nach Hause.

Nora traf fast der Schlag, als Jerome in der schattigen Küche stand.

Die Haare ihres Vorderkopfes waren in dieser Sekunde weiß geworden.

Neben ihr kläffte Larkin, den sie zu beruhigen versuchte.

„Du warst über ein Jahr lang fort", sagte sie,
„Du warst im Wasser verschwunden, sie haben dich tagelang gesucht, wo warst du?"
„Ich bin mit den Lachsen durch den Ozean geschwommen", sagte Jerome ruhig.
Nora stellte keine weiteren Fragen.

35

Dermot holte Jerome am Morgen mit seinem klapprigen Fahrzeug ab.
In den kleinen Wäldern pflanzten sie wieder Zedern.
Oder sie fuhren zur Räucherei und probierten neue Rezepturen aus.
Mittags nahmen sie eine Suppe und eine Tasse Tee im Destry Rides Again.
Sie sprachen nicht über Jeromes lange Abwesenheit und sie sprachen nicht über Maureen.
Abends ging Jerome in die Werkstatt und baute an seinem neuen Galway Hooker.
Er vermisste Maureen.

36

Im Jahr darauf wurde Jeromes zweiter Hooker fertig. Er war innen großräumig, das Holz schwarz gestrichen, mit einem weißen Streifen um den Bauch. Jerome war bester Laune und gespannt, ob das Boot auf dem Wasser bleiben oder untergehen würde. In der Nacht hatte er gut geschlafen, obwohl nebenan im Haus des Landlords bis in die frühen Morgenstunden laute Lieder gesungen worden waren. Im Halbschlaf hatte er sich wohlig im Bett umgedreht und geträumt, Spencer stehe mit den Filmleuten unter seinem Fenster, singend, um ihm, Jerome, eine Freude zu machen.

Dermot hatte für sein Fahrzeug einen Anhänger besorgt und fuhr am Morgen direkt vor Jeromes Werkstatt. Nora half mit, den Galway Hooker auf den Anhänger zu setzen. Dermot band das zimtrote Segel auf dem Autodach fest und sie fuhren zum Hafen.

Sie ließen den Hooker ins Wasser und warteten ab.

Nach einer Viertelstunde ging Jerome auf das Boot und stellte fest, dass das Innere trocken war.

Der Hooker war seefest und gelungen.

Jerome winkte Dermot ins Boot und sie fuhren los.

Ein kräftiger Westwind wehte und Jerome und Dermot blieben bis zum Abend auf dem Meer.

Den Hooker machten sie im Hafen fest, dort sollte er liegen bleiben.
Auf dem Rückweg hielten sie an, um im Destry Rides Again einen oder mehrere Whiskeys zu nehmen.
Natürlich waren Jerome, seine Liebe zu Maureen und seine einjährige Abwesenheit Gesprächsstoff in Killorglin. Aber niemand im Destry Rides Again hätte auch nur eine Andeutung gegenüber Jerome gemacht. Mit einem „stormy, isn't it", waren Jerome und Dermot im Kreis der an der Theke Trinkenden aufgenommen und sie tranken schnell und viel und wankten um Mitternacht nach Hause.

37

Am nächsten Morgen fuhr Jerome mit seinem Galway Hooker wieder aufs Meer.
Draußen schwamm Maureen. Er erkannte ihren Kopf von weitem und fuhr auf sie zu.
Sie kam gleich zu ihm auf sein Boot und lachte.
„Lass uns schwimmen", sagte Maureen.
Sie sprangen vom Boot ins Wasser und schwammen nebeneinander her.
„Gut, dass du diesmal das Boot dabei hast", sagte sie weiter, „so wird es mir nicht mehr unheimlich sein hier draußen."
Sie schwammen eine Weile wortlos nebeneinander und Jerome sah Maureen unentwegt an.
„Lass uns zurück zum Boot schwimmen", sagte er.
Die Sonne schien und der Bauch des Hookers war warm. Sie setzten sich auf das kleine Brett, das Jerome quer in das Boot gespannt hatte.
„Es war meine aufbrausende Art, mein Vater nennt es short tempered, als ich aus der Kapelle lief, es ist zwölf Jahre her, Jerome", sagte Maureen.
„Ich bin längst sesshaft geworden, habe fünf Töchter und du bist Sheilas Vater. Ich habe nie aufgehört, dich zu lieben, Jerome, aber ich bin zufrieden, ich habe einen Mann geheiratet, der gut ist und für uns sorgt."

„Liebst du ihn?", fragte Jerome.
„Es ist eine andere Art der Liebe", sagte Maureen, „er sorgt für uns, wir haben ein gutes Leben und daher weiß ich, dass er ein feiner Mensch ist."
„Sehen wir uns?", fragte er.
„Nein, Jerome, das geht nicht, aber ich liebe dich, ich habe dich jede Stunde und jeden Tag geliebt, seit ich davongerannt bin."
Maureen lehnte ihren Kopf an Jeromes Schulter und streichelte seine Hand.
„Ich habe nur an dich gedacht, Maureen, und an Sheila, meine Tochter, lass mich sie sehen."
„Du kannst sie sehen, aber du darfst ihr niemals sagen, dass du ihr Vater bist, das musst du versprechen."
„Ich verspreche es", sagte Jerome.
„Sie geht in Sister Bernadettes Moyderwell, sie sieht aus wie ich, nur ihre Haare sind blond, geh hin und du wirst sie gleich zwischen den anderen Schülerinnen erkennen."
Maureen umarmte Jerome.
„Für das, was wir tun, wenn wir jung sind, tragen wir ein Leben lang die Konsequenzen. In unserer Jugend meinen wir, wir sind frei und unabhängig, jeder Schritt in jede Richtung ist offen und dann entscheiden wir uns. Wir müssen unserer Entscheidung folgen und uns verantworten, so legen wir selbst die Richtung fest. Wir machen keine Fehler, treffen keine falschen Entscheidungen, es zählt nur das Maß an Verantwortung, das wir zu tragen in der Lage sind. Ich bin dir aus Unwissenheit davongerannt", sagte sie.

„Ich habe jenen verfluchten Satz gesagt, weil ich unsicher war, so gut wie nichts über deine Leute wusste und mir eine Vorstellung machte, vor der ich Angst hatte", sagte Jerome. „Können wir uns nicht sehen, einmal im Jahr, am ersten Donnerstag im August um die Mittagszeit, hier? Bitte, Maureen, dann kann ich mich jeden Tag freuen."

„Gut, jeden ersten Donnerstag im August um die Mittagszeit, hier", sagte Maureen, um es sich fest einzuprägen.

„Ich schwimme jetzt zurück ans Ufer und du bleibst hier auf deinem wunderbaren Galway Hooker."

„Warte noch", sagte Jerome und nahm ihr Gesicht in seine Hände.

Er strich über ihre hellen Augenbrauen und versank im Grün ihrer Augen, die das Meer spiegelten.

Und Maureen küsste ihn.

Mit einem Satz war sie im Wasser und schwamm zum Ufer.

Jerome sah ihr nach, bis seine Augen sie nicht mehr erkennen konnten.

38

„Der Gestank drüben im Hotel ist unerträglich, Nora meint, es ist eine tote Katze", sagte Pooka.
„Wir finden nichts. Die Gäste können ihr Frühstück nicht anrühren, weil sie würgen müssen, bevor sie schlucken können, bitte helfen Sie uns."
„Dermot kommt gleich und dann werden wir die Ursache des Gestanks herausfinden, keine Sorge", sagte Jerome.
Kurze Zeit später standen die beiden Männer auf dem Kiesplatz vor dem Puck Fair Hotel. Dermot öffnete den Schuppen, der durch eine Tür mit dem Speiseraum verbunden war und warf das Gerümpel, das sich dort befand, in hohem Bogen ins Freie. Jerome sortierte die unbrauchbaren Dinge aus und warf sie an den Rand des Kiesplatzes.
In den heraushängenden Stricken eines alten Zeltes hatte sich eine Katze verheddert. Vergebliche Befreiungsversuche hatten die Stricke nur fester zugezogen. Das Tier war verhungert und halb verwest.
Dermot trug sie wie eine Trophäe über den Kies, lachte und freute sich an Pookas mitleidigem und angeekeltem Blick.
„Ich brauche einen Plastiksack, dann ist der Gestank aus dem Haus gebannt", sagte Dermot.

Pooka eilte in die Küche, holte einen blauen Sack und brachte ihn in Windeseile zu Dermot, damit die Sache ein Ende fände.
Henri war halb verschlafen die Treppe hinuntergekommen und wunderte sich über die Aufgeregtheit, die den Kiesplatz beherrschte.
Im Gerümpel, das Jerome auf die Seite geräumt hatte, befand sich ein verrostetes Fahrrad, das Henris Interesse erregte und er besprach mit Jerome, ob mit dem Rad noch etwas anzufangen sei.
„Ich nehme es mit in meine Werkstatt, komm nach dem Lunch rüber, dann werden wir sehen, was sich machen lässt", sagte Jerome.
Dermot ließ die tote Katze in den blauen Sack fallen, drehte ihn ein paar Mal um sich selbst, und knotete ihn zu. Dann warf er die Katze im Sack auf seinen wackligen Anhänger und sagte: „Steht der Kessel auf dem Herd? Ich brauche jetzt eine Tasse Tee."
Als Sheila am Nachmittag aufwachte, hatte sich der bestialische Gestank bereits verflüchtigt. Alle Fenster im Haus waren geöffnet und der immer noch heftige Wind hatte alle Zimmer durchlüftet.
Henri verbrachte den Rest des Tages in Jeromes Werkstatt und fuhr am Abend auf dem Rad den Kiesweg hinunter.

Henri besuchte Jerome jetzt häufig.
Einmal wollten Jerome und Dermot an einem Sonntag aufs Meer fahren, um Henri mitnehmen zu können. Jerome ging in den Garten des Puck Fair Hotels hi-

nüber und klopfte ans Küchenfenster. Henri öffnete und sagte: „Ich komme, bin schon unterwegs."
Henri war aufgeregt und hatte diesen Moment kaum erwarten können. Seit Wochen war er jeden Abend in Jeromes Werkstatt gekommen, um mitzuhelfen, einen weiteren Hooker zu bauen, und er hatte die Segel genäht.
Henri ging als Erster auf das Boot, gefolgt von Jerome und Dermot und sie fuhren los.
Ein kräftiger Westwind wehte und Jerome brachte das Boot weit draußen im Meer zum Stehen. Sie schauten auf die unruhige See. In den Wellen sah Henri eine große Anzahl von Lachsen.
„Jerome, ich will schwimmen", sagte Henri.
„Es ist sehr stürmisch", sagte Jerome.
„Aber ich muss in dieses stürmische Wasser und zu den Lachsen hinunter", sagte Henri.
Jerome verstand. „Also dann."
Er gab Henri ein Zeichen seines Einverständnisses. Henri sprang über Bord und tauchte ins Wasser.
„Der Wind ist heftig und kommt von Westen, Jerome", sagte Dermot oben auf dem Boot „und er ist noch ein Junge."
„Beruhige dich nur, ich habe ihn im Blick. Henri ist bedächtig und er kann mit einem Wagnis umgehen. Ich habe es gemerkt, als wir auf die Flaschen geschossen haben, die wir von der Brücke in den Fluss fallen ließen".
„Rede nicht, achte auf den Jungen", sagte Dermot.
Keine Spur von Henri.

„Pooka wird dich eigenhändig erwürgen, wenn sie es erfährt", sagte Dermot.
„Nur Geduld Dermot, Henri wird gleich auftauchen", sagte Jerome und in seinem Gesicht war keine Unruhe zu erkennen.
Henris Kopf tauchte in den Wellen auf. Freudig winkte er in Jeromes Richtung und als er nahe ans Boot herangeschwommen war, sah Jerome in das strahlende Gesicht des Jungen.
„Ich muss bald wieder zurück zu ihnen", rief Henri, „ich habe tausend Lachse gesehen."
Jerome streckte seine Hand aus, die Henri in seine nahm, um zurück aufs Boot zu kommen, und Jerome half ihm, ein Tuch um den vor Kälte zitternden Körper zu wickeln.
Henri war erschöpft und hatte sich auf den Boden des Bootes gelegt.
„Jerome, du wusstest, dass ich es schaffen würde, stimmt's?", sagte Henri und schloss seine Augen, um sich auszuruhen. Und um noch einmal an die Lachse und an das stürmische Wasser zu denken.
„Es war richtig, Jerome", sagte Dermot, „jetzt schläft er vor lauter Glück."
Jerome und Dermot schauten lachend auf den schlafenden Henri. Der Sturm hatte ein wenig nachgelassen. Die drei blieben bis zum Abend auf dem Meer.

Oft kurvte Henri mit Jeromes Auto über den Strand. Jerome saß gelassen auf dem Nebensitz und freute sich über Henris Talent, das Lenkrad zu führen.

„Du machst das prima", sagte Jerome und Henri lachte aus vollem Herzen.
Sie sahen sich jeden Film an, der im Killorgliner Kino gezeigt wurde. Anschließend aßen sie Hamburger in doppelten Portionen.
Und sie gingen weiterhin heimlich und ohne vorheriges Aufsehen zu erregen in die Felder und auf die Brücke, um auf die aufgestellten oder von der Brücke aus in den Fluss geworfenen Flaschen zu schießen. Dazu nahm Jerome sein Gewehr aus dem Schrank in seiner Werkstatt. Henri schulterte es, trug es bis in die Felder und plante jeden Schuss vorsichtig.
An Jeromes Seite wuchs Henri schnell. Bald hatte er Jeromes Augenhöhe erreicht.

39

An einem herbstlichen Sonntagmittag beschlossen Henri und Pooka nach Inch Beach zu fahren. Die Sonne schien und als sie die Lover's Lane verließen, sahen sie Jerome in Richtung Innenstadt gehen.
Pooka hielt an und fragte Jerome, ob er mit ihnen fahren wolle. Er zögerte keinen Augenblick und stieg ein.
Die Autofahrt verlief ziemlich schweigsam und Pooka war nicht sicher, ob er nur aus Höflichkeit eingestiegen war.
Der Strand von Inch Beach war leer und der kleine Imbissladen auf dem Weg dorthin bereits für den Winter geschlossen.
Sie liefen am Wasser entlang, es war stürmisch und einige Surfer traten wie Phantome aus der See.
„Wie kommen Sie zurecht im Puck Fair Hotel?", fragte Jerome.
„Mit den Gästen gut, nur der Landlord und die Landlady, sie machen mir das Leben schwer", sagte sie, bevor der Sturm ihre Worte verschluckte.
„Ich kann es mir denken", sagte Jerome, „lassen Sie uns darüber reden. Wenn es so ist, wie ich vermute, müssen Sie sich entsetzlich fühlen. Treffen wir uns doch morgen zum Lunch im Destry Rides Again, ich werde versuchen, Ihnen zu helfen."

Auf der Rückfahrt nach Killorglin hielten sie im Phoenix und nahmen Tee und Kürbissuppe, die Lorna gerade gekocht hatte.
Lorna nahm Pooka mit in ihren Garten, pflückte Holunder, nahm Kürbisse und Schlangengurken aus den Beeten und fragte Pooka, woher sie diesen Mann, mit dem sie gekommen war, kenne.
Wahrheitsgemäß berichtete Pooka, dass er ihr Nachbar sei.
„Er galt eine Weile als verschollen, ertrunken, und tauchte dann plötzlich wieder auf, man weiß nichts Genaues. Niemand weiß, wo er war, und niemand hat ihn je gefragt", sagte Lorna.

Jerome kam pünktlich zum verabredeten Lunch. Er legte die karierte Regenkappe neben sich auf die Bank.
„Was möchten Sie trinken?", fragte er.
„Ich nehme eine Tasse Kaffee", sagte Pooka und wusste nicht so recht, wie ein Gespräch in Gang kommen sollte.
„Anschließend empfehle ich die Gemüsesuppe", sagte Jerome.
„Gut", sagte Pooka.
Jerome stand auf und ging an die Bar, um die Bestellung aufzugeben.
Er wartete auf zwei Kaffee, die er auf das Tablett stellte und mit Zucker und Milch sehr vorsichtig an ihren Tisch trug. Er stellte das Tablett ab und reichte Pooka den Kaffee. Er bot Zucker und Milch an und ging dann noch einmal an die Bar, um die beiden Teller mit

der Gemüsesuppe zu holen. Mit zwei Tellern in der Hand, wiederum vorsichtig gehend, achtete Jerome mit den Augen auf die Teller, um nichts überschwappen zu lassen.

Sie löffelten zaghaft an der heißen Brühe, in der Karottenstückchen und Kürbiskerne schwammen.

„Ich sehe mir das Drama mit den Landlords schon seit Jahren an. Sie sind nicht die Erste, die übers Ohr gehauen wird. Diese Leute haben mindestens ein Dutzend Familien in Kerry in den Ruin getrieben. Das reicht jetzt. Ich werde mit dem zuständigen Richter sprechen und wir werden diesem Pack das Handwerk legen. Ich habe beschlossen, Ihnen zu helfen", sagte Jerome und löffelte ein wenig schlürfend weiter.

„Ich habe einen Plan, bei dem sich der Landlord in den eigenen Fuß schießen wird."

Pooka erzählte Jerome den genauen Hergang der Geschehnisse.

„Wir werden mit Pad Murray beginnen, dem Bankdirektor, der sich beim Vertragsabschluss an jenem Sonntagabend am Küchentisch des Puck Fair Hotels mit eingefunden hatte. Er lässt die Hunde verschwinden, die bei Rennen keine Gewinne mehr bringen. Da werde ich ansetzen und wenn der Stein erst einmal ins Rollen gekommen ist, gibt es kein Halten mehr."

40

Die Gerichtsverhandlung dauerte eine knappe Stunde. Richter Larkin, der Nachbar des Landlords, hatte seinen Namen oft genug aus dem angrenzenden Garten rufen hören. Bis zu einem gewissen Punkt war er ein gemütlich aussehender Mann, der die Lady vor Beginn der Verhandlung nach dem Verbleib ihres Hundes befragte.

Er bestimmte Pooka kurzerhand zur rechtmäßigen Eigentümerin des Puck Fair Hotels, da bereits Gelder in Höhe des Kaufpreises an die Landlords geflossen seien.

Jerome zwinkerte Pooka zu, als sie das Gericht verließen, und auf der Straße hakte sich Pooka bei ihm ein.

Sheila hatte den großen Tisch auf der Veranda mit Blumen geschmückt, Kuchen gebacken und hatte die Kanne mit frischem Tee in der Hand, als Jerome und Pooka eintrafen.

„Wir können bleiben", sagte Pooka. „Richter Larkin hat die Sache geregelt und Landlord und Landlady werden sich hier niemals mehr blicken lassen."

Henri lief auf Jerome zu und streckte ihm seine Hand entgegen.

„Danke, Jerome", sagte er.

Jerome nahm Henris Hand.

„Richter Larkin hat dem Spuk nun ein Ende bereitet, Henri, und er lässt dich grüßen, weil er meint, auch später wirst du noch der Nachbar seiner Kinder sein." Jerome ließ Henris Hand los und klopfte ihm auf die Schulter.

Sheila umarmte Pooka so fest, dass sie fast keine Luft mehr bekam, dann gab sie Jerome die Hand und sagte: „Danke."

Und nach einer Pause: „Ich weiß, dass du mein Vater bist, und ich spreche das jetzt aus, obwohl es vielleicht falsch ist und die Folgen nicht absehbar sind."

„Es ist richtig und welche Folgen sind schon absehbar", sagte Jerome. „Es ist so, wie es ist, und es ist gut, dass es so ist."

Jerome nahm Sheila in seine Arme und Sheila nahm Jerome in ihre Arme und so ging es hin und her.

„Ich habe Maureen einmal im Jahr getroffen", sagte Jerome am späten Abend, als er gemeinsam mit Sheila im Orchard saß.

„Wir trafen uns auf dem Hooker, jeden Sommer einmal, bis zu ihrem Tod. Ich habe deine Mutter geliebt, es war mehr als das, es war einfach und es passte. Wenn ich sie auf mich zukommen sah, war es, als ob eine Woge aus Sand, Wasser und Farbe auf mich zurollte, auf der sie sich auf mich zubewegte, und ich fühlte mich zugehörig und geborgen. Aber die Dinge nehmen ihren Lauf. Nur, es ändert nichts an dem Gefühl, das entstand in jeder Sekunde, in der wir zusammen waren. Das Gefühl, als ob es nur uns auf der Welt gegeben hätte."

Als Pooka in der Nacht im Garten noch Stimmen hörte, schlüpfte sie durch die Öffnung in der Mauer. Dort im Orchard saßen Jerome, Sheila, Nora und Dermot unter den Bäumen, lachend und redend und Larkin kläffte.

Pooka traute ihren Ohren nicht, als sie Dermots Frage hörte: „Und wo warst du in jenem Jahr, als du nicht zurückkamst und wir hier vor Sorge fast gestorben sind?"

„Niemand hat mich das bisher gefragt, niemand traut sich diese Frage zu stellen, ich bin froh, Dermot, dass wenigstens du es tust. Sheila ist meine Tochter und alle Welt wusste es ohnehin schon, jetzt, Dermot, muss auch noch das letzte der Geheimnisse gelüftet werden, das meinst du doch? Ich würde es dir sagen, wenn ich es nur selber wüsste. Ich weiß es nicht, ich weiß nicht, was passiert ist. Ich war auf dem Meer und unten im Meer, es gab keine Zeit dort, wo ich mich befand, und keinen Raum und es war wunderbar, es herrschte Leichtigkeit und Allwissenheit, ich weiß nicht, wie ich das sagen soll, Glück oder Zufriedenheit oder Ewigkeit oder alles zusammen. Und wisst ihr was, es ist gar nicht mehr wichtig, ich bin ja jetzt wieder da."

Pooka ging zurück in den Garten des Puck Fair Hotels, legte sich ins Gras, sprach noch ein paar Worte mit dem Mond und fühlte sich seltsam geborgen, als die Stimmen aus dem Garten von nebenan noch bis zum Morgengrauen an ihr Ohr drangen.

41

Es waren gute Jahre, die im Puck Fair Hotel folgten. Pooka und Sheila hatten genug mit den Gästen zu tun, Jerome fing und räucherte Lachse und pflanzte mit Dermot neue Zedern an, Nora hatte mit Larkin zu tun und fütterte die Singvögel.

Als Henri die Schule beendet hatte, reiste er nach Inverness in Schottland, um dort in den zahlreichen Flüssen nach Lachsen zu angeln. Er blieb mehrere Monate.

Als er zurückkam, traf er auf der Puck Fair Sheila, Jerome und die Joyces und Jerome bot Henri an, in der Lachsräucherei mitzuarbeiten.

Henri sagte begeistert zu. Dermot holte Jerome und Henri am nächsten Morgen ab und Jerome zeigte ihm die Feinheiten des Lachsräucherns.

Einige Zeit später räucherte Henri die Lachse allein und Jerome und Dermot kümmerten sich wieder um die Zedern.

42

Zwölf Jahre später kam Spencer zurück. Er wollte Jerome überraschen und er wollte die genauen Umstände von Jeromes Abtauchen im Ozean ergründen.
Spencer saß im Flugzeug, das ihn von Dublin nach Farranfore in Kerry brachte.
Aus einer Telefonzelle am Flughafen begrüßte Spencer seinen Freund Jerome mit den Worten: „Wie wär's mit einem Dinner im Destry Rides Again?"
Jerome sprang in sein Auto und war fünfundzwanzig Minuten später in Farranfore.
Er erkannte den Freund sofort.
Die grauen Haare waren sehr kurz geschnitten und die Gläser seiner Brille waren stark. Sein früherer forscher und entschlossener Gang wirkte zurückgenommen, fast vorsichtig.
Jerome empfand Spencer als ein wenig durchsichtig. Nachdenklichkeit ging von ihm aus, die sich mit Tragik verband, da er den Eindruck erweckte, etwas in seinem Leben sei unvollendet, habe sich nicht erfüllt und sein Streben sei vergeblich gewesen.
„Wie war das da unten bei den Lachsen?", wollte Spencer gleich von Jerome wissen.
„Bist du etwa gekommen, um Geschichten aus der Welt der Lachse zu hören?"

„Über dich in der Welt der Lachse", sagte Spencer.
„Was ich weiß, werde ich berichten", sagte Jerome, „aber erzähl von dir."
„Ich habe aufgehört Filme zu machen und ich lebe allein. Drehbücher und Filme packen mich nicht mehr. Meine vielzähligen Kinder sind in verschiedenen Ländern Südamerikas und Europas verstreut, meine Frauen, mit denen ich jeweils über kurze Etappen verheiratet war, sind sämtlich in weiteren Ehen gelandet. Und so beschloss ich, auf Reisen zu gehen. Ich fuhr auf dem Nil, besuchte den Tempel Hatschepsut, das Tal der Königinnen und das Tal der Könige. Ich fuhr nach Südindien, um Näheres über Leben und Lehre des Sai Baba zu erfahren, konnte aber nichts entdecken. Dann lebte ich vier Wintermonate in Grönland und das Leben in der Dunkelheit gefiel mir gut. Ich reiste nach Europa: Madrid, Rom und Paris sind wunderbare Orte, aber jetzt habe ich beschlossen, mich in Irland niederzulassen. Lola Montez war skurril im Alter", sagte Spencer, „und dabei tun wir die gleichen Dinge wie vor dreißig Jahren, plötzlich erscheinen sie uns skurril, verstehe da einer den Sinn."
Jerome hielt vor dem Phoenix in Castlemaine an.
Lorna kam mit einem Korb frisch gepflückter Gurken und Kürbisse aus dem Garten hinter ihrem Haus.
Spencer und Jerome bekamen Tee und mit Brombeeren gefüllten Blätterteig.
Dann fuhren sie weiter nach Inch Beach und bis ans Meer. Der Horizont war grau und die bewegten Wellen tanzten in dunklem Grün.

„Ich will bleiben", sagte Spencer, „ich gehe nicht zurück. Das Leben ist mit einem Tag vergleichbar. Die Geburt ist wie das Aufstehen am Morgen, wenig Erinnerung an die Träume der Nacht und sich zurechtfinden im neuen Tag. Gegen Abend taucht eine Müdigkeit auf, die Vorfreude auf den nächtlichen Schlaf auslöst", sagte Spencer.
„Du meinst also, gegen Ende des Lebens kommt eine Müdigkeit auf, die den Menschen den Tod als Wohltat erscheinen lässt?", sagte Jerome und wiegte den Kopf.
„Ja", sagte Spencer, „das ist ja das Gute an der Sache, die Energie lässt nach, aber langsam und unmerklich, und wenn sie aufgebraucht ist, sind wir froh, dass wir uns einrollen und loslassen können. Nur in der Erinnerung ist die Kraft noch wach und die Erinnerung ist es, die uns manchmal traurig macht."
„Darüber muss ich erst einmal nachdenken", sagte Jerome und stieg aus dem Auto, um am Strand entlangzugehen. Spencer folgte ihm.
„Unter Wasser gibt es keine Erinnerung", sagte Jerome nach einer Weile, „nur den Augenblick."
Spencer nickte. Er hatte vergessen, wie sehr ihm die irische Küste gefiel, und fragte sich, warum er nicht früher zurückgekommen war.

43

Pooka pflückte Äpfel im Orchard, als Jerome den Gartenweg hinauf zum Haus fuhr.
Jerome hielt an und Spencer stieg aus dem Auto.
Er hatte sie schon aus dem fahrenden Auto heraus erkannt. Und jetzt blickte er hinunter in den Orchard. Er blieb stehen, bewegte sich nicht und schaute Pooka an, die noch immer mit den Äpfeln beschäftigt war.
Pooka merkte auf, drehte sich um, sah Spencer, schien ihn nicht zu erkennen und doch, nein, Pooka blieb regungslos, das ist doch, ja, jetzt, endlich.
Pooka hielt kurz die Hand vor ihren Mund und dann, dann hatte sie ihn erkannt. Sie rannte über den Rasen, hinauf zum Haus und Spencer lief hinunter in den Orchard und sie umarmten sich.
„Es sind siebenundzwanzig Jahre her, seit du das Schiff verlassen hast", sagte Pooka.
„Komm", sagte Spencer, „wir kümmern uns um die Äpfel, die hier im Gras liegen."
Das Wiedersehen löste eine Unzertrennlichkeit der beiden aus, die atemberaubend war.
Spencer zog in den Seitenflügel des Puck Fair Hotels ein. Er schlief bis mittags, dann half er Pooka bei ihren Einkäufen für die Gäste und bereitete mit ihr zusammen das Dinner für den Abend vor.

In warmen Nächten saßen Spencer und Pooka im Orchard, um Geschichten zu erzählen und anzuhören und um zu lachen.

44

An einem warmen Junitag fuhr Jerome mit Spencer im Hooker aufs Meer. Das Wasser war glatt wie ein Spiegel und hellblau. Sie befanden sich weit draußen, es war kein Land in Sicht.

„Jerome", sagte Spencer, „erzähl mir von den Lachsen. Du warst ein Jahr lang verschwunden, das lässt mir keine Ruhe."

Spencer hockte sich dicht vor Jerome. „Sag's mir."

Jerome lächelte.

„Es gibt nicht viel zu berichten über die Zeit unter Wasser. Die Lachse und ich legten einen gemeinsamen Weg zurück, dessen Ende der Anfang war", sagte Jerome, sprang ins Wasser, schwamm mit kräftigen Zügen davon und winkte Spencer nachzukommen.

Spencer knöpfte sein Hemd auf, zog es aus, warf es ins Boot und folgte Jerome mit einem schnellen Kopfsprung. Die beiden schwammen nebeneinander her.

„Die Bilder, die wir in unseren Köpfen haben, verwandeln sich in Wirklichkeit, wenn wir ihnen auf der Spur bleiben", sagte Jerome.

„Vielleicht folgen die Lachse den Bildern vom Tag ihrer Geburt an und finden so zurück an den Ort, dem sie entsprungen sind. Ihr Weg ist vorgegeben. Und wie ist es bei uns?"

Jerome drehte sich auf den Rücken und schloss die Augen.
„Du meinst also, unser Weg steht schon fest, gleich bei unserer Geburt?", fragte Spencer und tauchte mit seinem Kopf unter Wasser.
„Das weiß ich ebenso wenig wie du oder irgendein anderer Mensch", sagte Jerome, „aber ich weiß, dass die Lachse ihre Bahnen in Gelassenheit ziehen."
Sie schwammen zurück zum Boot und Spencer stellte keine weiteren Fragen mehr.

45

Im Herbst beschlossen Pooka und Spencer nach Derry zu reisen. Jerome und Nora winkten den beiden bei der Abfahrt nach.

Pooka und Spencer waren sich ihres ungewöhnlichen Glücks bewusst.

Sie waren sich begegnet, als sie jung waren, aber fast drei Jahrzehnte hatte es keinen gemeinsamen Alltag für sie gegeben, umso mehr liebten sie ihn jetzt.

Die kleinen, wiederkehrenden Handgriffe und Verrichtungen füllten ihre Liebe mit Leben und davon konnten sie nicht genug bekommen.

Sie fuhren über Galway, Castlebar und Bundoran, Richtung Donegal.

„Lass uns Lough Derg besuchen, den berühmten Wallfahrtsort", sagte Spencer.

Er hatte Lough Derg in Büchern erwähnt gefunden, die er über Irland gelesen hatte.

„Der Weg führt über einen Ort namens Pettigo", sagte Spencer, verließ die stark befahrene Straße und bog rechts ab.

Aus dem heruntergekurbelten Autofenster wanderte Pookas Blick über die kargen Hügel und wildbewachsenen Steppen, die sich am Horizont mit dem Himmel verbanden. Düsteres Blau mischte sich mit dunk-

lem Grün und auf einen entfernten Felsen prallte ein kegelförmiger Sonnenstrahl und brachte ihn zu einem grellen Leuchten.
Die Straße zog sich schnurgerade durch das einsame Ende von Raum und Zeit.
Der wellige Belag brachte das Fahrzeug zum Schwanken und nach jedem Aufprall erwartete Pooka, mit der hinteren Stoßstange über den Asphalt zu kratzen.
Sie fuhren an einem Mann vorbei, der am Straßenrand entlanglief.
„Ich will mich vergewissern, ob wir auf dem richtigen Weg nach Pettigo sind", sagte Spencer und hielt an.
„Ja, richtig, hier geht's nach Pettigo", sagte der Mann, „noch etwa dreiundzwanzig Meilen."
„Können wir Sie mitnehmen?", fragte Spencer.
„Aber unbedingt", sagte der Mann und stieg freudig ein.
„Mein Name ist Oisin und ich wohne eine Meile hinter dem Hügel. Kommen Sie mit, ich lade Sie zu einer Erfrischung ein."
Oisin lebte in einem kleinen, neu gebauten Haus. Daneben stand das alte, verfallene, das leer stand, seit Oisins Vater vor neun Jahren gestorben war.
„Warum lebst du nicht in dem wunderbaren alten Haus?", war Spencers Frage an Oisin.
„Ich weiß nicht, ob ihr das verstehen werdet", sagte Oisin, stellte drei Kaffeetassen auf den Küchentisch und verschwand in einer Kammer. Er kam mit einer Mineralwasserflasche aus Plastik, die zwei Liter fassen konnte, zurück und füllte die Kaffeetassen mit der kla-

ren Flüssigkeit. Die Männer tranken und Oisin bedeutete Pooka, das Gleiche zu tun. Sie roch starken Alkohol, nippte an der Tasse und schmeckte wohltuenden Whiskey. Die kräftigen Schlucke, die Oisin nahm, ließen Pooka hoffen, davon nicht blind zu werden.
„Es ist der Geist in dem alten Haus", sagte Oisin schließlich als Antwort auf Spencers Frage.
„Welcher Geist?", fragte Pooka.
Oisin versuchte sich nicht in langen Erklärungen.
Er schenkte aus der Wasserflasche nach, sie tranken, er nahm den Schlüssel aus der Küchenschublade und ging mit Spencer und Pooka zum alten Haus hinüber.
Oisin öffnete die Türe und sie traten hinein.
Von den feuchten Wänden bröckelte der Putz.
Im Kamin hing der verrostete, schwere, eiserne Topf, in dem Oisins Mutter jahrzehntelang die Kartoffeln gekocht hatte. Ihr wollener Mantel hing an einem Nagel an der Wand.
Allerlei Geschirr stand ineinander gestellt am Boden, ein Bügeleisen, Schuhe und ein löchriger Korb lagen verstreut in der Küche.
Oisin ging die steile Treppe gegenüber der Haustür hinauf und Pooka und Spencer folgten ihm.
„Das ist das Schlafzimmer meiner Eltern", sagte Oisin mit kehliger, andächtiger Stimme.
Über dem Kamin das Foto einer Nonne.
„Die Schwester meines Vaters, sie ging nach Amerika, nach Boston, sie ist lange tot", sagte Oisin.
Das Rasierzeug des Vaters lag in einem Fach des selbst gezimmerten Kleiderschrankes.

Hinter der nächsten Tür lag Oisins früheres Zimmer, er ging ans Fenster und zeigte mit der Hand in die schroffe Landschaft.
„Mein Zimmer hat den schönsten Blick des Hauses", sagte Oisin stolz.
„Als Junge habe ich hier Stunden und Tage gesessen, nachgedacht, geträumt und Wolkenzeichnungen entziffert."
Die beiden Männer kehrten ins Haus zurück, um sich noch einmal der schmucklosen Flasche zu widmen. Pooka ging in den Garten.
„Ein abgeschlossenes Haus mit einer eingeschlossenen Kindheit, ist das der Geist, den Oisin meint?", dachte Pooka.
Vor ihr tauchten die Mauerreste eines einstigen Hauses auf. Es hatte kein Dach und aus den Steinwänden, die wild überwucherte Erde eingrenzten, blühten orangerote Fuchsien. Auf der Mauer des vormaligen Eingangs saß ein Uhu.
Die Grashügel und die mit Felsbrocken gespickten Wiesen glänzten in prächtigem, hellem Grün.
Pooka näherte sich dem Tier.
Sie setzte sich in Hockstellung, um auf gleicher Höhe zu sein. Behutsam berührte sie seine buschigen Augenbrauen. Sein Stillhalten verstand sie als Ermunterung und strich ihm ein wenig fester über Kopf und Rumpf.
Der Uhu drehte sich zu ihr hin, seine Nase stupste gegen Pookas Kinn und seine dichten, hellen Augenbrauen tanzten auf ihren Wangen.

Er glich der Zeichnung des Uhus aus dem Buch ihres Vaters „Animals in Donegal", das ihre Kindheit begleitet hatte. Und jetzt erinnerte sie sich auch an den Namen „Lough Derg", an die Zeichnung, auf der eine Insel zu sehen war, deren Silhouette von der Kuppel einer Basilika bestimmt war. Wenn ihr Vater ein Buch über Lough Derg bei sich getragen hatte, als er Soldat war, dann hatte seine Mutter Louise Lough Derg besucht, bevor sie mit Eamon nach South Carolina gegangen war. Da war sich Pooka sicher.
Der Uhu bewegte seinen Kopf ruckartig hin und her, spannte seine Flügel auf und flog über Pooka hinweg. Sie war aufgestanden und bereit, dem Vogel zu folgen, der seine gewaltigen Schwingen über ihr ausgebreitet hatte.
Manchmal näherte sich das Tier zärtlich Pookas Gesicht und die äußeren Federn berührten ihre Wangen. Sie kamen zu einer Anhöhe, die ringsum mit dunklen Felsbrocken bedeckt war.
Der Uhu hatte sich auf einem der Felsen niedergelassen und schien auf Pooka zu warten, die ihm nicht schnell genug hatte folgen können.
Jetzt bemerkte Pooka im Felsen den Eingang zu einem Tunnel.
Das Tier flog von der Anhöhe in den Tunnel hinein und Pooka folgte ihm.
Nach etwa zwanzig Metern endete der Tunnel in einer runden, weitläufigen Steinhöhle. Auf den massiven, dunklen Steinen saßen regungslose Uhus. Hunderte. Die Farben ihrer Gefieder waren weiß, gelb, hellrot,

braun und schwarz. Die Augen der Uhus waren das Einzige, was unentwegt in Bewegung war.
Eine Frau in einem roten Mantel kam auf Pooka und den hereingeflogenen Uhu zu und begrüßte sie.
Die Ähnlichkeit zwischen der Frau im roten Mantel und Pooka war unverkennbar.
„Ich kannte Louise, deine Großmutter, und ihre weitverzweigte Familie, zu der du gehörst. Die Zeichnung des Uhus habe ich dir geschickt als Zeichen der Zugehörigkeit zu deiner Familie."
Der Uhu hatte sich dicht neben die Rote gesetzt und es bestand kein Zweifel, dass er von nun an dort hocken bleiben würde.
Es herrschte Stille in der steinernen Höhle.
Die Frau hielt den Kopf tief über ihre Brust gebeugt und ihr Kinn berührte den roten Kragen des Mantels.
Noch immer bewegten sich die Augen der zahllosen Uhus. Pooka legte ihre Hand für einen kurzen Augenblick auf den Kopf ihres Uhus und ging durch den Tunnel zurück ins Freie.
Spencer und Oisin saßen in der Küche vor ihren Kaffeetassen. Die Mineralwasserflasche war fast geleert.
Pooka erhob sich aus dem Gras, ging in die feuchte Küche und schlug Spencer vor, einige Stunden zu ruhen, um später nach Lough Derg zu fahren. Spencer und Pooka legten sich in den Rasen hinter Oisins Haus und schliefen einige Stunden sehr fest und traumlos.
Oisin verspürte keinerlei Müdigkeit nach dem Genuss des Getränkes, da er es gewohnt war.

„Hangover", hatte er oft genug in seinem Leben gesagt, „hangover ist das Beste, was dem Körper passieren kann, er muss das Gift immer und immer wieder rauspumpen und die stetige Arbeit hält ihn jung."
Er legte drei Lammstücke in kaltes Wasser und stellte den Topf auf den Herd. Als das Wasser kochte, fügte er Kartoffeln, Karotten, Zwiebeln, Lauch und etwas Rollgerste hinzu und ließ das Stew im Backofen garen. Er schnitt Weißkraut in feine Scheiben und gab es mit Gewürzen in den Topf, als das Gericht fast gar war.

Pooka weckte Spencer.
Sie lag in seinem Arm und sagte in sein Ohr: „Ich weiß jetzt, wie Jerome seine Lachswelt erlebt hat", und erzählte Spencer von den Begebenheiten in der Steinhöhle.
„Gib zu, du hast geträumt", sagte Spencer und küsste Pooka.
Oisin füllte die Teller randvoll mit dem köstlichen Stew und seine Gäste genossen die kräftige Mahlzeit.
„Ich kenne Father Brendan McDara gut, er ist mein Vetter", sagte Oisin, „er hat das Amt des Priesters auf der Insel und er wird euch Lough Derg zeigen. Die letzten Pilger in diesem Jahr waren bis zum funfzehnten August bei der Wallfahrt und jetzt im Herbst sind der Father und einige seiner Leute allein dort. Ich werde ihn anrufen und er wird euch mit dem Boot vom Ufer des Sees abholen lassen."
Oisin war aufgeregt, es freute ihn, seinem Besuch den Weg nach Lough Derg frei machen zu können.

„Ihr fahrt bis Pettigo und am Ausgang des Ortes geradeaus bis zum Ende der Straße, dort seht ihr den Steg, an dem das Boot auf euch warten und euch zur Insel bringen wird", sagte Oisin und winkte den Abfahrenden nach.

46

Noch eine Meile bis Pettigo.
„Für drei Tage gehen die Pilger auf die Insel, barfuß, ohne Nahrung und ohne Schlaf", sagte Spencer, „drei Tage lang beten sie und wünschen Gesundheit, Hochzeiten, das Bestehen von Prüfungen oder was immer sie bewegt herbei."
Spencer und Pooka hatten Pettigo erreicht. Sie fuhren durch den Ort, dann, wie Oisin es beschrieben hatte, geradeaus. Sie sahen den See vor sich liegen. Und inmitten des Sees, wie eine Fata Morgana, die Insel, St. Patrick's Purgatory, die Kuppel der Basilika und rund herum die Häuser, in denen die Pilger für drei Tage und Nächte Unterkunft finden.
Am Steg war kein Boot zu sehen, das Spencer und Pooka auf die Insel bringen sollte. Kein Mensch weit und breit. Das leere Steinhaus mit kargen Aufenthaltsräumen für wartende Pilger, nach Frauen und Männern getrennt, machte einen heruntergekommenen Eindruck.
„Er hat uns vergessen", sagte Pooka.
Gespannt hielt sie Ausschau.
Endlich waren die Umrisse einer Gestalt zu sehen, die in ein Boot stieg, und kurz darauf setzte in der Ferne ein Motorengeräusch ein.

Das Boot kam schnell und tuckernd näher, erreichte den Steg.
Der alte Bootsmann gab Spencer und Pooka mit der Hand Zeichen und festen Schrittes stiegen sie auf das schaukelnde Holzboot. Es war kühl und dunkle Wolken hingen über dem See. Sie gaben ihm eine dunkle Farbe.
Das Boot fuhr an einem spitzen Felsen vorüber, der schroff aus dem See ragte. Der alte Mann, der das Boot steuerte, hatte seine Mütze tief über die Augenbrauen geschoben und führte wortlos seinen Dienst aus.
Drüben wartete Father McDara und nahm Spencer und Pooka lachend in Empfang.
Der rothaarige, stämmige, junge Mann war erfreut über das Interesse seiner Gäste.
„Seit mehr als siebenhundert Jahren kommen Pilger aus aller Welt hierher. Station Island ist kein Wallfahrtsort der Wunder oder der Heiligenerscheinungen. Bereits keltische Druiden nutzten die kleine Insel im See als Kultplatz. Der heilige Patrick wollte hier in die ‚Otherworld' Einblick bekommen, in die Welt jenseits unseres Lebens."
Father McDara hatte Tee und Sandwiches vorbereiten lassen, die sie gemeinsam in seinem Büro verzehrten.
Dann ging er voraus, um Spencer und Pooka die Insel und ihre Gebäude zu zeigen: Die Penal Beds, Reste einstiger Bienenkorbhütten, in denen die keltischen Mönche beteten und meditierten. Die Penal Beds werden während der Wallfahrt von den barfüßigen Gläu-

bigen wieder und wieder im gleichmäßigen Rhythmus umrundet, während die Gedanken den Wunsch nach Gesundung des Vaters, die Liebeserwiderung der Angebeteten oder das Bestehen der Prüfung umkreisen. Mittelpunkt der Insel ist das St. Patrick's Cross.

Das auf einem Sockel aus Stein befestigte, einfache Metallkreuz, das im Laufe der Jahrhunderte von Millionen Menschen geküsst wurde und als Ohr ihrer heißersehnten Wünsche diente, dieses Kreuz löste in Pooka eine umfassende, innere Ruhe und Gelassenheit aus, die ihr bis dahin nicht begegnet war. Pooka küsste das Kreuz und meinte Pilger um Pilger vorbeiziehen zu sehen an dem Ort, der ihr weich und mild vorkam und zugleich morsch und voller Bürde. Sie umarmte den steinernen Sockel und blieb eine Weile. Die Bedeutung des Kreuzes beeindruckte Pooka und sie spürte eine Welle der Energie, die sie stark und unverletzbar werden ließ.

Father McDara und Spencer befanden sich schon in der Basilika, in die Pooka gerade eintrat. Der prunkvolle Altar aus Marmor erstaunte Pooka, da er einen krassen Gegensatz zur Schlichtheit der Insel und ihrer Umgebung bildete.

„Lough Derg heißt: Der rote See", sagte Father McDara. „Die Erklärung dafür finden wir in der Sage, die davon erzählt, wie der alte Conan einst die Menschen in der Gegend von einem Lindwurm befreite, der die Bewohner über lange Zeit in Angst und Schrecken hielt. Das Untier verlangte regelmäßig eine Anzahl von Kühen, die die Bewohner unweit des Sees abzugeben hatten und die das Untier dort genüsslich verschlang. Der alte Conan hatte versucht, den Lindwurm zu töten, allein, er schien unverletzbar zu sein. Conan entwarf einen Plan, den er sogleich ausführte: Er warf sich ein Kuhfell über und als das Ungeheuer ein weiteres Mal nach Leckerbissen verlangte, begab sich Conan unter die totgeweihten Tiere und ließ sich verschlingen. Unter dem Kuhfell trug er ein scharfes Messer, mit dem er den Lindwurm von innen derart traktierte, das dieser den Angriff nicht überlebte. Der alte Conan konnte sich aus dem blutigen Untier befreien und befahl, dessen Überreste am Ufer des Sees zu belassen und nicht zu berühren. Der junge Conan jedoch, noch recht tölpelhaft, sah sich das tote Untier an und berührte es. Dessen wurde der heilige Patrick gewahr und versenkte daraufhin die Überreste im See. Das Blut färbte das Wasser rot. Eine Rippe ragte dabei aus dem See hervor, versteinerte und an dieser Rippe fährt jeder, der die Insel besucht, mit dem Boot vorbei. Sie werden sie gesehen haben, als Sie auf die Insel kamen", schloss Father McDara seine Erzählung, „sie erinnert uns an die Legende."

Es war spät geworden, die Sonne berührte bereits den Horizont.

„Bleiben Sie über Nacht", sagte Father McDara, „wir haben genügend Betten, die leer stehen."

Er zeigte ihnen einen Schlafraum, in dem gut zwei Dutzend frisch bezogener Betten standen.

„Ich erwarte Sie um acht in der Halle vor meinem Büro zum Dinner", sagte der Father und verschwand.

Pooka stand am Fenster und schaute auf den roten See und die untergehende Sonne.
„Es ist der weichste und ruhigste Ort, an dem ich jemals war", sagte Pooka. „Ich sehe Millionen von Pilgern im Laufe der Jahrhunderte hierher strömen und für sie alle ist die Insel der Mittelpunkt ihrer Gedanken, Wünsche und Energien. Kann es sein, dass die Gedanken der Menschen einen Ort beeinflussen können? Weil sie vielleicht einen Teil ihrer Seele hier gelassen haben?"
Pooka war von ihrer Idee angetan.
Spencer umfasste Pooka und küsste sie auf den Mund. Er legte sie auf eines der vielen Betten und zog ihr die Kleider aus. Dann warf er sein Hemd und seine Hose auf den Boden und ihre nackten Körper spielten das Spiel der verzauberten Berührungen und der tanzenden Seelen, ihre Laute hallten in den weiten, verlassenen Raum und verkündeten die Höhepunkte.
Spencer und Pooka waren für Augenblicke eine Person, zu einer Einheit geworden, ihr Spiel hatte eine Nähe ausgelöst, die die Hüllen der Angst weggeblasen hatte und selbst den Tod unbedeutend erscheinen ließ. Ihre feuchten Gesichter lagen erschöpft aufeinander und ihre schon faltigen Körper hatten sich wohlig eingerollt.
„Sex auf der heiligen Insel im Roten See", sagte Pooka, „näher kann Gott einem Menschen nicht kommen."
„Du meinst, Sex ist hier erlaubt", sagte Spencer.
„Was heißt erlaubt, erwünscht, ja, von Gott und der Natur gefordert", sagte Pooka.

„Henri ist dein Sohn", sie lachte.
„Warum hast du mich das damals nicht wissen lassen?"
„Du hast das Schiff verlassen, du bist nicht zurückgekommen, also, was sollte ich tun?", sagte Pooka.
Spencer breitete die Wolldecke, die zusammengelegt am Fußende des Bettes lag, über Pooka und sich aus und sie pusteten eine Weile den Atem vor sich her und dösten.
Father McDara hatte einen Lammbraten vorbereitet, der im Ofen schmorte. Es roch stark nach Rosmarin im Zimmer neben der Küche.
Father McDara goss Rotwein in die kristallenen Gläser und sie stießen auf „Slante" an.
Father McDara lachte seine Gäste an: „Unser Problem hier ist das Geld. Wir müssen instandsetzen, aufrechterhalten und den Ablauf der Wallfahrt gewähren. Das kostet viel. Die Kirche beteiligt sich, wo sie kann, und trotzdem reicht es nicht. Ich zerbreche mir das Jahr über den Kopf, wie es weitergehen soll. Die Fassaden müssen gestrichen werden, noch in dieser Saison, die Feuchtigkeit lässt den Putz abbröckeln."
Father McDaras Sorgen waren alltäglicher und weltlicher Art.
Darüber war Pooka erstaunt.
Auch die Köstlichkeit des Dinners, das der Father für Spencer und Pooka bereitet hatte, sprach für seine praktische Ader. Sie aßen, tranken und redeten bis weit nach Mitternacht.
Father McDara zeigte keinerlei Müdigkeit und wusste viel zu erzählen: „Die Beichte ist eine wunderbare

Sache, der eine befreit sich von einer Bürde in seiner Seele und der andere weiß zu jeder Zeit, was in seiner Gemeinde passiert, und kann auf seine Weise einwirken, ohne die Trümpfe in seiner Hand auszuspielen oder sogar in Versuchung zu geraten, eine Neugierde befriedigen zu wollen."

Am nächsten Morgen am Bootssteg verabschiedete sich Father McDara als Mann Gottes: „Und wenn ihr eines Tages die Stunde eures Todes erwartet, so denkt daran: dying is not going home, it's coming home."

Pooka und Spencer waren zu dem Alten ins Boot gestiegen, der sie zum Ufer bringen sollte.

„Vergesst nicht, euch umzudrehen, nur dann kommt ihr wieder", rief Father McDara von der Insel und beide drehten sich um.

Sie waren ein wenig müde. Als sie an der Felsspitze vorbeifuhren, die aus dem Roten See ragte, mussten sie lachen.

In Pettigo fuhren sie weiter in Richtung Derry.

„Ich kenne den Konflikt zwischen Protestanten und Katholiken nur aus Büchern und kriege ihn nicht richtig zu fassen. Warum dringen die Orangemen einmal im Jahr mit ihrem Aufmarsch in katholisches Gebiet ein? Sie laufen über Derrys Stadtmauer und werfen eine Handvoll Pennies von der Mauer in das katholische Viertel, als Almosen sozusagen, als symbolische Herablassung." Pooka sah hinüber zu Spencer.

„Die ursprüngliche Rebellion der Protestanten richtete sich gegen eine übermächtig starke Kirche in Irland", sagte Spencer.

„Und dann?“, fragte Pooka.
„Tiefe Gräben entstanden auf beiden Seiten, England beharrte auf seinem Machtanspruch. Und die Iren in der Republik befassen sich nur am Rande mit dem Thema, sie wollen den ruhigen Alltag in ihrem Leben und richten den Blick in Richtung Europa, Nordirland ist für sie weit entfernt. Aus der Sicht eines Amerikaners handelt es sich dabei um eine geradezu lächerliche Entfernung“, erklärte Spencer.
Die beiden stiegen die Treppen am Stadttor Derry's hinauf zur Stadtmauer. Die Mauer ist schmal und zieht ihren Kreis um die Innenstadt. Spencer und Pooka gingen langsam über das Kopfsteinpflaster. Niemand begegnete ihnen. Auf dem gegenüberliegenden Hügel lagen, wie festgeklebt, graue Mietskasernen.
In einem Garten stand eine kleine Kirche, in der per Tonband in vielen Sprachen über die Geschichte des Konflikts informiert wurde.
Die Trostlosigkeit ließ Pooka und Spencer ihre Schritte beschleunigen und so stiegen sie die Treppen am Marktplatz wieder hinunter und befanden sich augenblicklich zurück im Leben.
In einem Straßencafé, das mit roten Kunstledersofas prächtig ausgestattet war, tranken sie einen Cappuccino, der gut schmeckte, aber überhaupt nicht an Italien erinnerte.
Danach machten sie sich zurück auf den Weg nach Killorglin und verbrachten die lange Fahrt schweigend nebeneinander.

47

Jerome hatte in den Tagen nach der Abreise seiner Freunde die Zeit auf dem Meer und in der Räucherei verbracht. Dermot schleppte die Kisten mit gefangenen Lachsen auf den Anhänger seines Vehikels und Jerome brachte weitere Kisten vom Boot. Er hatte vierzig Fische gefangen in der vergangenen Nacht. Die Ladung war schwer und brachte Jerome aus der Puste. Er bereitete die Lachse zum Räuchern vor, hängte sie in die Kammer und ging zum Strand.

In der Ferne sah er Maureens kleines Haus, das seit Jahrzehnten leer stand. Er ging näher heran und als er davor stand, öffnete er die unverschlossene Tür.

Neben dem Kamin lag aufgestapeltes, trockenes Holz. Jerome legte einige Scheite in die Feuerstelle und zündete sie an. Er saß auf dem Boden und sah Maureen in den Flammen tanzen. Er hörte ihre Stimme und ihr Lachen. Ihre dunkelroten Haare waren von den lodernden Flammen nicht zu unterscheiden.

„Maureen", sagte er leise und blieb einige Stunden sitzen. Als das Feuer erloschen war, ging er zurück ans Meer und versuchte die Stelle auszumachen, an der Maureen und er bei ihrer ersten Begegnung aus dem Wasser gekommen waren. Als er sie gefunden hatte, schlief er dort bis zum nächsten Morgen.

Die Lachse waren geräuchert, Dermot war gekommen, um beim Verpacken zu helfen, und sie fuhren mit ihrer Ladung in die Stadt.
Nachmittags saß Jerome mit einer Tasse Schwarztee im Orchard.
Es war früher Herbst und die Bäume trugen reichlich Äpfel.
Die Sonne wärmte den Garten und es war windstill.
Sheila brachte Scones und Orangenmarmelade. Sie setzte sich neben Jerome.
„Ich sollte dich Vater nennen, aber das fällt mir immer noch schwer", sagte sie.
„Jetzt muss ich die Jungen vom Hurling abholen, bis später, Vater." Sheila lachte, winkte und stieg ins Auto, das vor dem Puck Fair Hotel parkte.

48

Nora stand auf dem Gartenweg, verteilte Körner an die Singvögel und verscheuchte die Krähen.
Jerome wurde von einer plötzlichen Unruhe erfasst.
Er trank einen Schluck Tee, stand überstürzt auf und verließ den Garten.
Er nahm die Straße, die zum Meer führte, und begann zu laufen. Sein Herz schlug schnell und seine Schritte waren hastig.
Schon sah er die Wellen, auf denen Maureen tanzte. Ihr Kleid war aus blauem Samt gemacht. Daneben das gelbe Boot seines Vaters, auf dem er als Kind stand, drei Jahre alt. Und er sprang mitten in die Lachse, die sich um das Boot versammelt hatten. Er spürte den festen Griff des Vaters an seinen Haaren und die Wucht mit der der Vater ihn aus dem Wasser zog.
„Sesshaft", rief Maureen übers Wasser.
Ihre Bewegungen hatten sich den Wellen angepasst. Sie tauchte in die Schaumkronen ab und stand nach einigen Sekunden des Abtauchens wieder auf dem Wasser.
„Ich bin niemals sesshaft", rief sie und ihre Worte wurden zum Rhythmus einer Melodie, die Jeromes Ohren betäubte.
Er lief noch immer die Straße zum Meer entlang.

Sein rechtes Schuhband hatte sich gelöst.
Er trug rotbraune, eigens für ihn hergestellte Schuhe aus festem Leder. Ihr Vorderteil war abgerundet und die verbindende Naht zur Sohle, die ebenfalls aus Leder bestand, war mit einem derben Faden handvernäht.
Nun hing das lange Schuhband an beiden Seiten des Schuhs herab und gewährte der dicken Lederlasche einen Spielraum, der Jeromes entschlossene Schritte störte. Er begann die Zehen seines rechten Fußes zusammenzuziehen, um den schweren Schuh am Fuß halten zu können.
Es gelang ihm nur für einige Schritte. Danach ließ das Zusammenkrallen der Zehen den Fuß bis zum Knöchel verkrampfen.
Mit einem kräftigen Kick, fest auf dem linken Fuß stehend, befreite sich Jerome von dem Schuh und schleuderte ihn hoch in die Luft.
Seine Schritte waren dabei ein wenig aus dem Takt gekommen, der rechte Fuß kam kräftiger auf dem Boden unter ihm auf als der linke.
Jerome hielt sein Tempo auch hinkend.
Er sah Maureen noch immer auf den Wellen tanzen.
Er bog in einen Zedernwald ein. Ein heftiger Windstoß ließ die Äste der Bäume wild gegeneinander schlagen.
Vor Jerome brach ein schwerer Ast herunter.
„Vater", schrie Jerome.
Der Schuh am linken Fuß behinderte seine Schritte. So schleuderte er auch den zweiten Schuh in die Luft, der geräuschvoll zwischen den Zedern verschwand.

Jeromes Lauf war jetzt gleichmäßig geworden und er hatte das Meer beinahe erreicht. Er befand sich auf der Höhe der kleinen Kapelle, die direkt am Atlantik liegt.
Im Friedhofsgarten mähte Dermot das Gras.
Als er Jerome vorüberlaufen sah, stellte er die Sense an die Mauer der Kapelle und folgte seinem Freund, dessen Verhalten ihn beunruhigte, zumal Jerome auf Socken lief.
Dermot rief, winkte und folgte Jerome, so schnell es ging, konnte ihn aber nicht mehr einholen.
Er lief zurück zur Kapelle, stieg in sein Auto, um Jerome nachzufahren.
Jerome lief unterdessen weiter zum Strand. Er spürte den Sand unter seinen Füßen und das bereitete ihm Erleichterung.
Er verlangsamte sein Tempo.
Als er das Wasser erreichte, blieb er stehen.
„Ich muss bald wieder zurück zu ihnen", hörte er Henri rufen, „ich habe tausend Lachse gesehen."
Jerome atmete tief und lächelte.
Er war angekommen.
Ohne sich umzusehen, ging er in die Wellen.
Als sie seine Ellenbogen erreicht hatten, begann Jerome zu schwimmen.
Weit draußen im Meer tauchte er ab und war endlich unter Wasser.
Vor seinen Augen wurde es hell.

49

Dermot war mit dem Auto über den Strand gerast, hatte Jerome ins Wasser gehen sehen und war aus dem Auto gesprungen, um hinter ihm herzulaufen.
„Jerome", schrie er.
Wieder und wieder strengte er seine Stimme an.
„Jerome, bleib stehen, Jerome, nicht schon wieder, bitte komm zurück."
Dermot wurde nicht gehört, also rannte er ins Wasser.
Aber Dermot war ein schlechter Schwimmer und als er den Boden unter den Füßen verlor, kehrte er zurück ans Ufer, die Sinnlosigkeit seines Rettungsversuches einsehend.

Am Abend kamen Spencer und Pooka von ihrer Reise zurück ins Puck Fair Hotel.
Sheila, Nora und Dermot hatten sich in der Küche versammelt.
Sie waren bedrückt und sprachlos.
Spencer holte die Flasche mit dem Whiskey, schenkte allen ein und sagte: „Jerome war einer von uns, wir kannten ihn und nur das zählt."
Henri kam aus der Räucherei mit zwei Lachsen, die er für die Rückkehr Spencers und Pookas besonders sorgfältig zubereitet hatte.

Als er von Jeromes Abtauchen ins Meer hörte, wusste er, dass Jerome nicht zurückkommen würde. Er zerlegte die Fische sorgfältig und bot sie auf kleinen Tellern an. Er verrichtete die notwendigen Handgriffe gelassen, fast heiter.

50

Drei Jahre später war Jerome nicht wieder aufgetaucht und Sheila beschloss, eine Messe für Jerome lesen zu lassen.

Henri, Spencer, Pooka, Nora, Dermot und alle Bewohner Killorglins standen vor der kleinen Kapelle, die direkt am Atlantik liegt, als Brefni den Ort erreichte und Sheila in seine Arme schloss.

„Komm eine Weile zu uns", sagte ihr Großvater, „unser Leben wird dir gefallen."

Nach der Messe gingen Spencer und Pooka zum Strand. Sie wollten ein Bad im Atlantik nehmen.

Nachdem sie eine Weile nebeneinander geschwommen waren, sagte Pooka: „Der Name meines Vaters war Jonny O'Toole und mein Großvater war Eamon. Jeromes Vater war Fion. Und Fion und Eamon waren Brüder."

„Alle Iren sind miteinander verwandt", sagte Spencer.

Im Wasser hatten sich hundert Lachse versammelt, die den beiden Schwimmern folgten.

„Spencer", rief Pooka, „Henri hat eine zweite Räucherei in Waterville eröffnet. Er hat dort ein Mädchen namens Fiona getroffen und sich in sie verliebt."

„Du meinst in unserem irischen Waterville? Henri ist mein Sohn. Frag mich nicht warum, aber was auch immer ich von ihm sehe und erfahre, es hat mit Jerome zu tun."

Spencer hatte fast das Ufer erreicht und die auslaufenden, kleinen, mit blasigem Schaum geränderten Wellen umspülten seinen Körper.

Um Pooka zu erheitern, versuchte er den Schaum von seinen Armen und seinen Beinen zu entfernen, wegzuwischen, loszuwerden. Es gelang nicht und so lief er mit seinem Trippelschritt zurück in die See und umarmte Pooka, die in den bewegten Wellen schwamm.

„Wir werden Henri und Fiona in Waterville besuchen und wir werden einen lichtgelben Sonnenschirm besorgen."

Spencer war bester Stimmung und erklärte Pooka, was es mit Waterville auf sich hatte.

1. Auflage 2004

Satz: Fotosatz Kretschmann GmbH, Bad Aibling

Typographie, Umschlagentwurf und Gestaltung: Konturwerk, Herbert Woyke

Für die Gestaltung des Titels wurde ein handkolorierter Kupferstich aus der Allgemeinen Naturgeschichte der Fische von Dr. Marcus Elieser Bloch (1723–1799), dem Begründer der modernen Fischkunde, verwendet.

Druck und buchbinderische Verarbeitung: Friedrich Pustet KG, Regensburg

Papier Innenteil: 90 g/m² Werkdruck holzfrei bläulich-weiß von Schleipen

Papier Schutzumschlag: 120 g/m² Tintoretto Stucco gesso von Fedrigoni

Papier Überzug: 115 g/m² Surbalin Prima lachs von Peyer

Papier Vor- und Nachsatz: 100 g/m² Schleipen gerippt, bläulich-weiß

Gesetzt aus der 10,3/14,1 Punkt Minister light

Printed in Germany

ISBN 3-927743-68-2